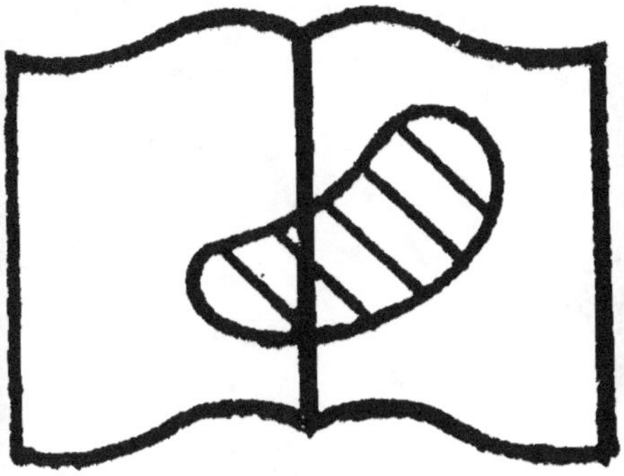

Illisibilité partielle

Début d'une série de documents
en couleur

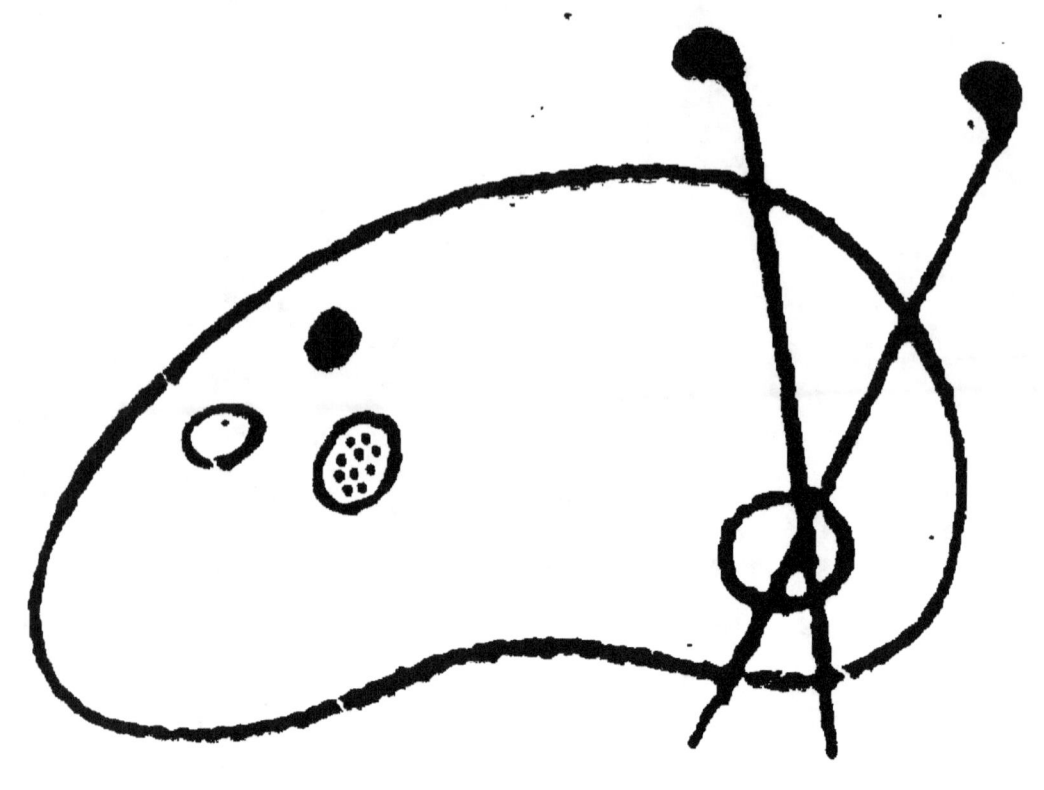

Fin d'une série de documents
en couleur

LA FAMILLE DE L'ÉMIGRÉ

3e SÉRIE P. IN-8.

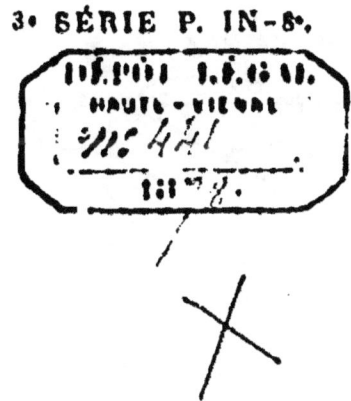

LA
FAMILLE DE L'ÉMIGRÉ

CHEZ

LE TUEUR D'OURS DES ABRUZZES

PAR

P. LAVAYSSIÈRE.

LIMOGES
EUGÈNE ARDANT ET Cⁱᵉ, ÉDITEURS.

PRÉFACE.

Le récit que nous livrons aujourd'hui à la publicité est tiré d'un manuscrit qui fut, à ce que nous croyons, composé dans le cours des années 1816-1818. L'auteur était alors âgé de soixante-dix-huit ans et bien près du terme de sa carrière. Il aimait à raconter les détails d'une vie qui fut accidentée par la bonne et la mauvaise fortune, et lorsqu'on lui conseillait de mettre son travail au grand jour de la publicité, il souriait et demandait simplement : — Eh ! à quoi bon ?

Ce manuscrit nous fut remis en 1830, et toute autorisation nous fut donnée pour en faire ce que bon nous semblerait. Seulement, et nous comprîmes la cause de la condition, on exigeait que les noms de famille, ainsi que ceux des principaux personnages, fussent remplacés par d'autres noms.

Tous les faits rapportés dans cet écrit sont de la plus scrupuleuse exactitude : l'auteur ne se fût pas amusé à se faire un renom dans sa vieillesse; ce n'est guère l'âge des fictions et des œuvres de l'imagination.

Voici les raisons qui nous ont engagé à publier cet ouvrage :

L'homme qui met sa confiance en Dieu, quelles que soient les vicissitudes qui troublent sa vie, les dangers qui semblent le poursuivre avec acharnement, ne se laisse point lâchement abattre et sort presque toujours victorieux des épreuves qui lui sont infligées. Voilà une vérité qu'il faut sans cesse rappeler à la jeunesse. Une vie d'homme, quelque courte qu'elle soit, essuie toujours plus d'un coup de vent de l'adversité, et il arrive trop souvent que les forces humaines se trouvent défaillantes et n'ont d'autre soutien qu'une confiance sans bornes dans la bonté de la Providence.

Le récit qui suit le prouve, et en même temps il fait sentir combien sont déplorables les révolutions qui dispersent les enfants d'une même patrie chez les étrangers et les livrent à la pitié de ceux qui n'ont ni les mêmes habitudes, ni les mêmes mœurs, ni le même langage.

Nous regrettons que dans ce récit l'auteur ait passé sous silence la mort d'un des fils du comte d'Angel, et n'ait pas mentionné le secours généreux que le lieutenant Basile trouva chez le comte Rizzo, lors du retour des princes légitimes à Naples.

LA

FAMILLE DE L'ÉMIGRÉ.

———————•━◆━•————————

1. — Départ de France. — Arrivée à Naples. — Fuite dans les Abruzzes.

Aux jours les plus désastreux de la révolution de 93, une noble famille s'était réfugiée en Italie et avait fixé son séjour à Naples. M. d'Avricourt, c'est le nom du chef de cette famille émigrée, eut le malheur de perdre, en peu de temps, une femme aimée et deux enfants en bas âge; tous trois furent emportés par le changement brusque de température. Il restait donc, le pauvre émigré, avec deux enfants, de quatre qu'il avait vus s'asseoir autour de sa table aux jours de prospérité, dans sa patrie : c'étaient un garçon âgé de dix-huit ans, nommé Octave, et une petite fille, de deux ans plus jeune que son frère; elle avait nom Marie.

Voir tomber autour de soi, et avant le temps fixé par la nature, les êtres qui nous sont chers, c'est une de ces douleurs qui s'attachent au cœur et le ronge-raient, si la bonté de Dieu n'avait promis un remède

aux douleurs les plus poignantes; mais les perdre sur
la terre étrangère, quand toutes les affections de l'âme
et du cœur se sont concentrées sur une famille déjà
bien chère, les perdre quand, en regardant autour de
soi, on n'y voit que des êtres indifférents ou inconnus
qui n'ont pas une larme à verser sur la mort de ceux
qui nous sont ravis; quand on se dit en frémissant
Nous fûmes unis durant la vie, mais le même tombeau
le même cimetière n'aura pas nos dépouilles terres-
tres; oh! cette pensée est affreuse!

Il y a des temps où l'on ne peut pas même prendre, comme les sauvages, les os de ses pères ou des
siens et les emporter sur son dos dans la solitude.

M. d'Avricourt, frappé de ces trois coups, qui se faisaient sentir jusque dans la profondeur du cœur, resta
quelque temps atterré. La paternité fit entendre sa
voix, la religion versa les consolations dans son âme,
il se sentit la force de vivre. N'avait-il pas encore deux
enfants à aimer? Ils méritaient cette tendresse paternelle et parvinrent à ramener, par leurs soins, leurs
douces consolations, le calme dans l'âme de leur père,
et lui donnèrent un exemple rare de piété filiale et de
tendresse fraternelle. Rien n'était touchant comme l'affection que se montraient ces deux seuls rejetons d'une
famille distinguée.

Ce qui pouvait faire plaisir à Marie, Octave le faisait
dès qu'il s'en apercevait; souvent même sa tendresse
pour elle devinait ses désirs et se hâtait de les prévenir.

Cette affection mutuelle charmait M. d'Avricourt et
le consolait autant que cela se pouvait. Quand ils se
rendaient tous trois à l'office divin, on eût pu voir
Octave chercher à prévenir tout ce qui pouvait gêner
son père et sa sœur. Le peu que M. d'Avricourt avait
sauvé de sa fortune ne leur permettant pas le luxe

d'une voiture, ils se rendaient à l'église à pied, à travers cette foule qui regorge dans les rues de Naples, et c'était alors qu'Octave développait toute sa prévoyance, tous ses efforts pour épargner à son père et à sa sœur les mille incommodités que l'on éprouve en fendant une foule compacte sans cesse ballotée par le passage des équipages et les flots de peuple qui débouchaient de toutes les rues. Dans les églises, on pouvait remarquer leur attention à suivre les offices et à assister à toutes les cérémonies religieuses.

Cette conduite exemplaire avait attiré l'attention du comte Rizzo, riche Napolitain. Apprenant que cette petite famille était émigrée, il lui fit offrir ses services et parvint à décider M. d'Avricourt à l'accompagner avec ses deux enfants à une de ses résidences, sur les bords du golfe, où il chercha à leur procurer toutes les distractions qui pouvaient tempérer la tristesse si grave et si digne de ses hôtes.

Il y avait environ quinze jours qu'ils habitaient le château du comte Rizzo, lorsque celui-ci, à son retour à Naples, où il se rendait plusieurs fois la semaine durant son séjour à la campagne, les aborde avec un visage triste.

— Les nouvelles que j'ai à vous communiquer, mio caro, dit-il à M. d'Avricourt, ne sont rassurantes ni pour vous ni pour moi. Les troupes républicaines viennent encore d'envahir l'Italie, et sont victorieuses sur tous les points; un homme haut placé, de mes amis, m'a communiqué les craintes qu'elles inspirent à notre gouvernement. On dit même que le général en chef des armées de la République française a intimé, oui, mio caro, on s'est servi de ce mot, l'ordre de...

Ici, il s'arrêta, comme s'il rougissait de ce qu'il allait dire.

— Je m'attends à tous les malheurs qu'il plaira au

ciel de m'envoyer, dit M. d'Avricourt; ne craignez pas de parler, monsieur le comte.

— Eh bien! dit celui-ci en soupirant, il a, dit-on, intimé l'ordre de refuser tout asile aux émigrés français, et l'on sait comment il fait exécuter ses ordres... Mais, ajouta-t-il, l'ennemi n'est pas encore à nos portes, et nous avons un gouvernement qui sait respecter les droits de l'hospitalité.

Après un instant d'un triste silence, le comte reprit:

— La guerre est un jeu de hasard: nous ne pouvons d'ailleurs prévoir ce que le ciel réserve à notre malheureuse patrie. Attendons les événements et ne nous alarmons pas trop tôt.

Plusieurs jours se passèrent dans cette attente: le comte envoyait chaque matin à Naples, quand il n'y allait pas lui-même, pour s'informer des nouvelles du théâtre de la guerre... Enfin la fâcheuse nouvelle se confirma, et les émigrés répandus dans les diverses parties de l'Italie commençaient à se diriger sur Venise et les provinces qui les éloignaient des armées victorieuses.

Le comte Rizzo, avec un tact plein d'une noble délicatesse, offrit à M. d'Avricourt un asile dans une propriété qu'il avait dans les montagnes les plus désertes des Abruzzes.

— Je ne sais, ajouta-t-il, en quel état sont les bâtiments, car je n'ai pas visité cette propriété depuis plus de cinq ans, mais mon régisseur est un homme dévoué à ma famille, qui aura pour vous et pour vos enfants tous les égards que vous méritez à tant de titres, et là, vous pourrez attendre que l'orage soit passé pour notre malheureuse patrie...

La guerre est comme le Vésuve, qui ne vomit pas seulement des flammes, mais qui désole et bouleverse presque toujours.

Le peu qui restait de sa fortune à M. d'Avricourt ne lui permettait pas cette nouvelle émigration, qui serait devenue trop coûteuse à cause de cette foule d'émigrés qui allait affluer vers les contrées que ne menaçaient point encore la guerre. Il comprit la noble délicatesse de son hôte, et accepta avec reconnaissance sa proposition agréable : il ne se fût éloigné qu'avec douleur du pays où reposaient les restes mortels de sa femme tant regrettée et de ses deux enfants, dont la perte lui avait coûté tant de larmes.

Cependant, les nouvelles les plus alarmantes arrivaient coup sur coup.

— Il faut songer à votre sûreté, dit le comte. Pour que le lieu de votre retraite ne puisse être soupçonné, il est prudent que vous paraissiez prendre la même route que les autres émigrés, qui se dirigent vers la Vénétie. Vous arriverez dans les Abruzzes sans qu'on puisse soupçonner que vous faites partie de l'émigration française ; la petite population de ces montagnes, en-dehors du courant de la civilisation, ignore encore les succès des armées françaises et les événements politiques ; elle sera habituée à votre présence lorsque quelques échos en retentiront dans leurs montagnes.

Le sentiment qui inspirait le comte était bien compris par M. d'Avricourt, qui sut lui en témoigner sa vive reconnaissance ; aussi se hâta-t-il de suivre ses conseils de point en point.

Quelques jours après cet entretien, la famille d'Avricourt, accompagnée de deux serviteurs fidèles et bien armés, sortit dès l'ouverture des portes de la ville. Elle était couverte de simples et pittoresques habits des habitants des montagnes des Abruzzes, ainsi que les deux serviteurs. Deux chevaux chargés de bagage en suivaient trois autres qui servaient de montures à la famille de l'émigré.

Nous ne parlerons point de leur voyage; il ne fut interrompu par aucun accident ni par aucune rencontre fâcheuse; seulement, M. d'Avricourt put remarquer que les routes étaient, au sortir de Naples, couvertes de cavaliers, de chariots et de piétons, tous ne paraissant pas appartenir à l'Italie. La prudence leur conseillait de ne lier conversation avec personne; cela leur était d'autant plus facile que leur extérieur accusait une famille de campagnards qui retournait dans ses montagnes. D'ailleurs, chacun était si occupé pour son propre compte, qu'il ne songeait guère à s'enquérir des affaires des autres. Ils arrivèrent donc sans encombre au lieu de leur destination.

II. — Le Manoir des Abruzzes. — Giacomo.

La maison principale du domaine du comte Rizzo, celle dont son homme d'affaires occupait une partie, était assez vaste, et dominait une douzaine d'autres maisons plus basses, construites en bois et en terre, et qui servaient de demeure aux habitants attachés à ce vaste domaine.

Ce petit hameau, situé sur le penchant oriental d'une haute montagne, était environné d'arbres si hauts et si serrés les uns contre les autres, qu'il était enseveli sous la verdure et difficile à découvrir. La vallée qui se creusait à ses pieds, couverte aussi d'une végétation luxuriante qui dérobait aux yeux le torrent qui courait en mugissant à travers ces massifs d'arbres, était large et profonde. Quelques parties de terres cultivées se distinguaient çà et là autour du hameau, et plus haut, abrités par de hauts rochers contre les vents du nord, de vastes vignobles étalaient leurs bras le long des rocs, grimpant sur de hauts échalas, sur des arbres, et décelaient la richesse du sol et l'influence d'une exposition favorable.

Les alentours offraient ces aspects sauvages, pittoresques, que l'on trouve à chaque instant dans les contrées montagneuses, mais ils n'étaient point animés par la présence de l'homme ; point d'habitations, rarement des troupeaux de chèvres grimpaient çà et là, conduits par un pâtre déguenillé escorté de deux ou trois énormes chiens ; car, si le pays était peu peuplé, presque désert même, il en était autrement des bêtes fauves et féroces. Dans les petites prairies que n'avaient point encore envahies les arbres, de grands buffles aux longues cornes venaient paître et ruminer étendus dans les hautes herbes ; le menu gibier pullulait de tous côtés et servait de pâture à une multitude de loups, d'ours et d'autres animaux carnassiers.

Les forêts retentissaient dès le point du jour des chants, des cris, des piaulements d'une multitude d'oiseaux, et du haut des rochers les plus escarpés, les aigles fondaient sur ces faibles proies quand les vautours et les faucons les avaient fait lever par immenses volées du sein de leurs retraites de verdure. Si l'homme eût, par sa présence, donné une autre vie à ces lieux presque déserts, ils auraient sans doute perdu ce charme qu'inspire la solitude ; mais cette belle et riche nature se fût embellie sous la main de l'homme et eût pu rivaliser avec les plus beaux sites de la Suisse.

M. d'Avricourt apprécia sur-le-champ les avantages et la sécurité qu'il pouvait trouver dans cet asile que lui avait offert une généreuse amitié. Gentilhomme, il était passionné pour la chasse ; émigré, il devrait rechercher la solitude ; il trouvait tout cela au hameau de Sanguinello. Une seule chose lui manquait : le voisinage d'une église. La plus proche du hameau en était

éloignée d'une demi-journée de marche. Il ne pouvait
donc s'y rendre que rarement, et encore en prenant
les plus grandes précautions pour que sa qualité d'é-
tranger n'éveillât pas de fâcheux soupçons.

Giacomo, ainsi se nommait le régisseur du comte,
était un ancien soldat, qui avait servi sous le colonel
Rizzo avant qu'il eût quitté la profession des armes, et
qui s'était attaché à sa domesticité. D'un caractère
froid et réfléchi, il avait trouvé dans cette nature sauvage de si grands rapports avec la sienne, qu'il vivait
dans un isolement presque complet avec les quelques
serviteurs attachés à la maison seigneuriale.

L'arrivée de la famille d'Avricourt contrariait un peu
ses goûts et ses habitudes, mais bientôt il la prit en
affection et se trouva heureux de la voir établie au manoir, c'est le nom qu'il donnait à son habitation. Il fit
préparer les cinq plus propres appartements, tâcha de
prévenir les désirs de ses nouveaux maîtres, car le
comte lui avait écrit de les regarder comme tels, et la
plus entière intimité régna dans le manoir, dont la population venait d'être augmentée.

Le jeune Octave devint le favori de Giacomo, et le
vieux soldat se prit d'une belle ardeur pour la chasse
dès qu'il eut connu que c'était le passe-temps le plus
agréable qu'il pût procurer à son jeune maître (il se
plaisait à lui donner ce nom). La fille du soldat était
un peu plus âgée que Marie d'Avricourt; c'était une
belle et grande fille brune, qui avait fait sa croissance
dans les montagnes, au milieu des forêts, dans une liberté pleine et entière, et qui faisait la joie de son
père, veuf, comme M. d'Avricourt. Ces deux points de
ressemblance, qui avaient établi un lien sympathique
entre les deux pères, devinrent aussi une cause d'attachement entre les deux jeunes filles privées toutes deux
de leur mère. Si Marie était vive, pétulante quelque-

fois, la gravité précoce de Pasquilla tempérait doucement cette surabondance de vie, et, par contre, l'en-
jouement de Marie faisait perdre à Pasquilla cet extérieur presque sévère que l'on prend dans la solitude.
Les deux jeunes filles se convenaient admirablement
à cause de ce contraste de caractère.

Pour terminer ce tableau, il faut ajouter que Giacomo, outre les chiens dressés à la chasse des loups et
des ours, avait deux magnifiques chiens de garde. L'un
de ces chiens se prit d'attachement pour Octave, et
l'autre pour Marie.

Tout était donc pour le mieux au manoir, et son éloignement de tout centre de population, perdu qu'il semblait être dans les gorges des montagnes, faisait espérer qu'il serait à l'abri des tumultes et des ravages de
la guerre.

Un jour, M. d'Avricourt, Octave et Giacomo revenaient de la chasse. Giacomo était triste et paraissait
livré à de sombres pensées.

—Qu'avez-vous donc, mon bon Giacomo? lui demanda
Octave ; j'ai remarqué que vous aviez perdu tout votre
entrain depuis que nous avons dépassé les gorges profondes où vous nous avez dissuadés d'aller, quoique
nous eussions la certitude d'y trouver le gibier que je
désire tant chasser, le loup et l'ours.

— Mon jeune monsieur, lui répondit mélancoliquement Giacomo, il y a huit ans que je n'ai pénétré dans
les lieux dont vous me parlez, et, à moins qu'une nécessité absolue ne m'y contraigne, jamais mon pied ne
foulera ces lieux maudits.

— Il y a quelque tradition, quelque histoire au sujet
de ces gorges de montagne? demanda M. d'Avricourt
en s'approchant de Giacomo.

— Il n'y a qu'une histoire, répondit celui-ci, et elle
ne touche que moi seul.

En parlant ainsi, une véritable tristesse acheva d'assombrir son visage.

— Bon Giacomo, dit Octave, il faut nous raconter cette histoire. Elle nous intéressera, puisqu'elle a rapport à vous seul.

— Il y a de ces choses dont on n'aime pas à se souvenir, dit Giacomo, devenant de plus en plus triste. Non, on n'aime pas à fouiller dans sa mémoire pour y trouver de ces faits qui assombrissent la vie entière d'un homme.

Il s'arrêta, comme s'il reculait devant des souvenirs déchirants, puis il reprit :

— J'ai beau les chasser de ma pensée, ces malheureux souvenirs y reviennent toujours. Tenez, ajouta-t-il en s'animant, j'étais comme vous, entraîné par l'ardeur de la chasse, et ne voyais que le chamois que nos chiens avaient débusqué du haut de la montagne ; je ne faisais point attention aux parages où nous nous trouvions, car nous descendions vers les gorges par le revers opposé de la montagne, et j'ai rarement parcouru cette région. Tout-à-coup j'ai entendu le bruit sourd des eaux qui tombent en cascades de rochers en rochers ; ce bruit m'a ému ; mes yeux, en parcourant ces masses d'arbres qui voilent la pente de la montagne et la profondeur des gorges, ont remarqué un grand chêne, dont les rameaux s'étendent au loin et s'inclinent sur les gorges... et j'ai reconnu la vallée maudite.

Il se tut et se couvrit le visage de ses mains.

M. d'Avricourt joignit ses instances à celles de son fils, et Giacomo commença ainsi :

—•◄✖►•—

III. — Récit de Giacomo le Tueur d'ours.

« Lorsque je vins habiter ce manoir, il y aura dix ans à la Toussaint prochaine, j'avais un frère; il était plus âgé de deux ans que vous, monsieur Octave ; c'était un beau et vigoureux garçon, ne s'effrayant de rien et chasseur intrépide. En se trouvant dans une contrée aussi abondante en gibier de toute nature, il se réjouissait, le brave garçon; il n'avait chassé jusqu'alors que le gibier qui fuit toujours devant le chasseur; quelquefois le loup et le buffle ; mais il ne s'était jamais attaqué à l'ours. Il se réjouissait donc d'avoir un ennemi plus digne d'un brave chasseur.

» — Filippo, lui disais-je, quand je l'entendais exprimer le désir de rencontrer un ours dans ses courses, je connais cette bête-là; il est dangereux de l'attaquer quand on est seul, et surtout bien dangereux de ne pas la tuer raide chaque coup, ou de 1 mettre hors de combat.

» Le brave garçon me répondait en souriant et me montrant son large couteau de chasse :

» — Celui-ci a coupé plus de deux jarrets de buffle, et le buffle est plus dangereux que l'ours.

» — Ne t'y fie pas, mon frère, ne t'y fie pas; la force de l'ours est prodigieuse, et il est plus difficile de lui couper le jarret qu'à un buffle, quelque fort qu'il soit.

» Il souriait, le pauvre jeune homme, et paraissait si plein de confiance en ses forces, qu'il parvenait à m'en inspirer à moi-même.

» Quelques jours après cet entretien, une de ses chèvres fut enlevée. Le lendemain ce fut un chevreau.

» — Que le voleur marche sur quatre pattes ou sur deux, me dit Filippo, je le trouverai, et sa peau nous payera nos bêtes volées.

» Il prit son fusil, son couteau de chasse, et alla rejoindre le chevrier sur la montagne. Je ne sais ce qui
me retint à la maison ce jour-là, mais je laissai partir
mon frère sans lui donner aucun avis.

Le soleil était déjà caché par ces hauts pics à l'occi-
dent des montagnes, lorsque je commençai à m'inquiéter de ne pas voir mon frère de retour. Je pris aussi
mon fusil et mon couteau de chasse, et me dirigeai
vers la montagne où le chevrier avait conduit le troupeau, sur une descente rapide, où le passage ne s'ouvrait qu'entre deux blocs, mais encore éclairé par les
rayons du soleil couchant ; je vis défiler les chèvres ;
le pâtre pressait les dernières, qui s'attachaient encore
aux buissons ; mon frère venait un peu avant. Soudain,
les chèvres engagées dans la passe des rochers se mirent à bondir, à sauter sur leurs escarpements, et je
distinguai parfaitement une grosse masse noire qui se
tenait d'abord à la sortie du défilé, puis qui se précipi-
tait vers les halliers qui couvraient la vallée. C'était
un ours ; il emportait une chèvre, et les chiens se mirent à sa poursuite.

» Mon frère se lança après eux, et je le perdis de vue
sous les ombrages. Je pris la course dans la même direction. Un coup de fusil retentit, les aboiements des
chiens arrivèrent à mes oreilles... Je me mis à courir.
Les halliers étaient si serrés, embarrassaient tellement
les jambes, que je n'avançais que lentement. Les cris
plaintifs des chiens me firent croire que la bête féroce
en avait mis plusieurs hors de combat. Je luttais contre les difficultés du terrain, le cœur serré, en proie à
des inquiétudes déchirantes. Enfin un rugissement terrible mais haletant à cent pas en avant, me fit espérer
que la lutte s'était terminée à l'avantage de mon pauvre frère, car je connaissais par expérience le hurlement de l'ours qui succombe dans la lutte.

» J'approche, haletant, et que vois-je, mon Dieu ? l'ours, tenant mon malheureux frère serré entre ses pattes de devant, et tous les deux étendus sur des buissons foulés, brisés durant la lutte. L'ours seul respirait encore, quoique le couteau de chasse de Filippo lui eût fendu le ventre, d'où s'échappaient ses entrailles. D'un coup de fusil dans la tête, j'achevai l'horrible bête et tirai ensuite mon frère d'entre ses griffes. Il avait une large morsure au cou et ses flancs étaient horriblement déchirés. En vain je cherchai encore une étincelle de vie, les affreuses étreintes de l'ours l'avaient étouffé.

» Pourquoi n'avais-je pas accompagné mon frère ? L'enlèvement des chèvres aurait dû m'avertir du danger auquel il allait s'exposer. »

Ce récit fut suivi d'un long silence que M. d'Avricourt et son fils n'interrompirent point. Ce fut Giacomo qui le rompit.

— Depuis ce jour malheureux, dit-il, j'ai eu une douleur que le temps n'a point effacée, et qui se renouvelle toutes les fois que je revois cette vallée maudite. Mais je suis bien vengé, ajouta-t-il avec un singulier sentiment d'orgueil ; depuis ce jour, j'ai presque délivré nos montagnes de la présence de ces horribles bêtes.

M. d'Avricourt profita de ce sentiment et le pria de leur raconter comment il s'était vengé.

Giacomo parut très disposé à les satisfaire.

— Venez, dit-il, que je vous fasse voir les fruits de ma vengeance.

Ils entrèrent dans un petit cabinet attenant à la chambre de Giacomo, et celui-ci leur fit voir une pile de peaux d'ours de toute grandeur et de tout âge, et leur dit :

— Voilà ce que j'ai fait depuis la mort de mon mal-

heureux frère : onze peaux de grands ours, six d'our-
sons; cela me réjouit un instant; mais, hélas! cela
me rappelle aussi un frère bien regretté.

Après cette montre des trophées de Giacomo, les
deux spectateurs et Giacomo retournèrent dans le premier appartement, où ce dernier commença le récit de
ses vengeances contre les ours.

« La fin déplorable d'un frère qui m'était d'autant
plus cher qu'il se trouvait être le seul parent que j'eusse
au monde, m'accabla tellement durant quelques jours
que je ne sentais pas mon existence; je vivais machi-
nalement; enfin, une pensée me vint et s'enracina si
profondément dans mon esprit, que je n'eus pas de re-
pos avant de la mettre à exécution. Il faut, me dis-je à
moi-même, que je débarrasse la contrée de ces maudites bêtes, ou que je les fasse déguerpir et que je n'en
entende plus parler. Je méditai longtemps mon plan
de destruction, et j'employai d'abord le poison, mais
les ours mangent rarement des chairs mortes, et puis
l'animal empoisonné allait crever dans la profondeur
des forêts ou dans quelque autre inconnu; ce n'était
pas ce qui convenait à ma vengeance; je voulus tuer
de ma propre main et jouir de ma victoire.

» Deux chiens de montagne restaient encore au manoir; je les disciplinai et leur appris, l'un à sauter à la
gorge de l'ours par derrière, et l'autre à embarrasser
les pattes sur lesquelles l'ours se soutenait quand il
approchait sur son ennemi.

» J'avais en outre un trident à pointes droites, très
fortes, bien tranchantes, emmanché au bout d'un
manche en chêne de la longueur de cinq pieds. Mon
fusil conservait sa baïonnette; je le chargeai de deux
balles de fer. Joignez à cela deux pistolets et un couteau de chasse comme vous le voyez. Je n'allais pas
à l'ennemi sans avoir pris toutes mes précautions. Deux

jours après, l'occasion de faire usage de mes armes se
présenta. Un des hommes dépendant du manoir vint
m'avertir qu'un ours avait été aperçu sur le penchant
de la montagne. J'y courus aussitôt et le rencontrai à
quelque distance d'un bloc de rocher. A ma vue, il
s'arrêta court ; nous étions à cinquante pas l'un de
l'autre, et je tenais mes chiens en laisse. Ses oreilles
se dressèrent et il se souleva un peu, sans doute pour
me voir en entier. J'avançai sur lui ; il changea de
route, mais lentement, sans manifester de frayeur. Cependant mes chiens hurlaient et se débattaient au bout
de la laisse ; j'avançais toujours, en obliquant à gauche
pour lui couper le passage. L'ours comprit sans doute
mon intention, car il s'arrêta encore, puis vint droit à
moi. Je lâchai les deux chiens, qui s'élancèrent aussitôt vers lui, se tenant cependant hors de la portée de
ses griffes. Il se dressa à six pas de moi sur ses pattes
de derrière ; ma balle le frappa aussitôt entre les pattes
de devant : il oscilla, puis tomba lourdement à terre.
Mais à l'instant où mes chiens arrivaient sur lui, il en
prit un, le lança de côté et revint sur moi en rugissant
affreusement. J'avoue que mon cœur battit violemment
dans ma poitrine. C'était le dernier effort de cette horrible bête ; un de mes chiens s'attacha à ses pattes de
derrière ; tombant sur celles de devant, elle fut aussitôt reprise de ce côté par l'autre, et alors je pus lu.
enfoncer mon trident dans le ventre. Voilà l'histoire du
premier ours que j'ai tué.

» Les autres m'ont souvent fait courir plus de dangers ; mais remettons ce récit à une autre fois. J'en-
tends la clochette du bouc conducteur du troupeau.
Pauvres bêtes! elles peuvent maintenant parcourir la
montagne, n'ayant à craindre que les loups. Mais nos
chiens et le pâtre suffisent pour les défendre. Le loup
est un animal lâche qui n'attaque que par surprise.

Cependant ils nous enlèvent, les maudits loups, plus d'une chèvre chaque année.

IV. — Nouvel exploit de Giacomo. — Aventure de Petrullo le chevrier.

Il y avait déjà trois semaines que M. d'Avricourt et ses deux enfants résidaient au manoir du comte Rizzo : celui-ci leur faisait parvenir les nouvelles des événements toutes les fois qu'une occasion sûre se présentait, car il craignait de faire naître des soupçons sur la qualité de ses hôtes et amis. Certes, ces nouvelles n'étaient pas de nature à les rassurer, mais cependant ils durent se trouver heureux que le comte leur eût procuré un asile où ils pouvaient espérer que le torrent des événements passerait sans les entraîner; mais pour eux la patrie était absente, et la patrie est si belle quand on la voit de la terre étrangère. M. d'Avricourt s'occupait de l'éducation de ses enfants, et allait chaque jour chasser sur la montagne ou dans les vallées voisines, accompagné de son fils, quelquefois de Giacomo. Durant leur absence, les deux jeunes filles se livraient aux travaux d'aiguille, et Marie ne dédaignait pas de donner un coup de main à sa compagne, chargée des soins intérieurs de la maison et de préparer les repas. La basse-cour occupait agréablement Marie : elle aimait cette petite population turbulente ; mais ses plus doux moments de récréation se passaient dans le colombier. La situation du manoir au milieu des montagnes lui amenait fréquemment des hôtes des forêts; des pigeons et des colombes sauvages, attirés par l'abondance de la pitance, venaient souvent s'abattre sur le colombier et partager la nourriture des hôtes ailés de Marie; c'était pour elle une joie d'enfant, c'est-à-dire une joie vraie et sans mélange. Ses petits soins

étaient parvenus à fixer sous le toit de chaume du colombier plusieurs couples sauvages qui y avaient fait
leurs nids et des petits. Ce bonheur simple et pur de la
campagne, Marie d'Avricourt le goûtait beaucoup
mieux que sa compagne : celle-ci, élevée dans cette
solitude, habituée aux occupations champêtres, ne
sentait pas ce que le contraste d'une vie agitée par les
inquiétudes de sa famille, avec une vie calme et douce,
faisait sentir à Marie; aussi, un sourire bienveillant
passait-il quelquefois sur ses lèvres quand elle voyait
sa jeune compagne heureuse de ce qui était pour elle
sans charme, une des habitudes de sa vie retirée. Mais,
hélas! il n'est point de jours purs; les nuages arrivent
tantôt d'un point de l'horizon, tantôt de l'autre, et en
obscurcissent la sérénité.

Un soir, Giacomo et Octave ramenèrent au manoir
M. d'Avricourt, qui avait fait une chute sur les rochers,
d'où il résultait une luxation au genou droit. Cet accident répandit la tristesse dans le manoir. Il fallait un
chirurgien, mais la ville était éloignée, et le blessé
souffrait horriblement. Un serviteur monta à cheval et
partit promptement.

— Signor, dit Giacomo, auriez-vous assez de confiance en moi, je tâcherai de vous soulager; j'ai été
soldat et chasseur, et souvent dans la nécessité de re-
médier à de pareils accidents.

M. d'Avricourt se prêta d'autant plus volontiers à
cette proposition, qu'il connaissait déjà le caractère réfléchi de Giacomo. Celui-ci cueillit des herbes sur la
montagne, fit des fomentations qui calmèrent beaucoup
les souffrances du blessé; bref, quand le serviteur revint sans chirurgien, car tous étaient enlevés pour les
besoins de la guerre, M. d'Avricourt était presqu'assuré
que le traitement fait par Giacomo le rétablirait aussi

bien, peut-être mieux que celui d'un chirurgien routi-
nier.

Cet accident, qui avait interrompu les chasses et
réuni les habitants du manoir auprès du lit du blessé,
fit qu'Octave demanda à Giacomo la suite du récit de
ses chasses à l'ours.

« Je voulus changer le plan de mes chasses, dit Giacomo ; la première rencontre avec l'ours m'avait fait
comprendre combien cet animal est fort et dangereux.
Ne pouvait-il m'arriver d'avoir un fusil qui raterait,
de glisser, de faire une chute, d'être surpris au lieu de
surprendre ? Je ne voulais pas faire de bravades, je
voulais détruire des bêtes dont le nom seul inspirait
de l'horreur. Je passai un temps assez long à étudier
les mœurs et les habitudes de cet animal solitaire, et
souvent j'en rencontrai sans les attaquer. Nous pas-
sions à distance l'un de l'autre ; si je les observais, je
puis dire qu'ils m'observaient aussi. J'acquis donc la
certitude que l'ours attaque rarement l'homme le premier ; que sa nourriture consistait principalement en
fruits et en petits animaux qui ne pouvaient ni résister
ni lui échapper ; j'acquis encore la certitude que l'ours
qui a goûté de la chair des grands animaux devient
plus hardi et plus féroce ; mais lorsqu'il a des petits,
cet animal est d'une férocité qu'aucun autre carnassier
n'égale ; aux approches de l'hiver, il est lourd, apathi-
que et peu dangereux, à moins d'être serré de près par
le chasseur.

» Souvent j'avais entendu dire que l'ours passait l'hiver dans l'engourdissement ; s'il en est ainsi dans les
autres contrées, j'affirme que l'ours de nos montagnes
n'est pas aussi engourdi, et que c'est quand les neiges
ont rabattu le gibier dans les vallées, qu'il devient
souvent dangereux pour les lieux habités. L'ours ne
manque point de ruse surtout s'il habite des contrées

où il est souvent rencontré par les chasseurs. Quand il convoite une proie difficile, il prend ses mesures, attend patiemment l'occasion favorable et en use sans précipitation, mais avec un véritable esprit de calcul.

» J'ai vu deux fois une réunion de deux ours pour chasser les buffles : c'était au commencement de l'hiver; ils avaient pâti de la faim et le menu gibier se tenait dans les gorges les plus profondes, à l'abri de petites cavernes, ou dans des trous pratiqués sous terre. Trois buffles se trouvaient dans une de ces petites prairies que l'on rencontre fréquemment dans les clairières des bois qui couvrent les vallées. Le plus petit des deux ours s'avança gravement vers les buffles : ceux-ci commencèrent à souffler, puis baissant les cornes, ils se ruèrent sur leur ennemi. L'ours battit en retraite jusque dans un fourré difficile à pénétrer. Les buffles voulurent l'y suivre, et ils se trouvèrent séparés par les embarras du passage. Alors, le grand ours, qui se tenait sur une branche, se laissa glisser sur le dos d'un buffle et l'étrangla dans un moment. Les deux autres, effrayés sans doute, prirent la fuite, et je restai seul spectateur de cette étrange chasse. Le corps du buffle fut entraîné dans le plus épais du bois, et sans doute dépecé sans dispute, car je n'entendis que le broiement d'os et pas un seul grognement de colère.

» Il me prit fantaisie de tuer ces deux carnassiers pendant qu'ils étaient repus. Je les suivis à la trace. Leurs tanières étaient distantes l'une de l'autre, car les traces indiquaient deux directions différentes; les plus petites se remarquaient sur le sol humide à la racine de plusieurs blocs de rocher. Je savais que le surplombement de deux de ces blocs formait une espèce de caverne, et je soupçonnai que le petit ours s'y retirait. En suivant les traces du gros, j'arrivai à un groupe d'arbres énormes, à peu près à la base de la

2

montagne. Un de ces arbres dominait encore les autres, mais de branches, sans verdure. Le tronc de l'arbre est creux, me dis-je, et c'est dans cette guérite qu'il a établi son domicile. J'attendis que le bruit fait dans le fourré cessât, et je m'approchai doucement, supposant que l'ours, repu de chair, allait aussitôt se livrer au sommeil. Mon espérance ne fut point trompée; mais comme je ne voyais point d'ouverture au pied de l'arbre, en cherchant autour, je fis du bruit; l'ours m'entendit; j'entendis aussi son grognement de mécontentement, puis un bruit très fort dans le creux de l'arbre, et presqu'au même instant je vis une grosse et hideuse tête sortir de l'embranchement de deux rameaux. Ma balle frappa la tête à côté de l'oreille, et la bête féroce retomba dans sa retraite. J'eus le temps de recharger mon fusil; mais le coup était mortel; je n'entendis plus que d'effrayants râlements.

» — C'est bon, me dis-je, on ne viendra pas me le voler là; à l'autre, maintenant.

» Mais le bruit de la détonation avait été entendu par le petit ours, et quand je m'approchai de sa tanière, je le vis disposé à en défendre l'entrée. Je n'avais, certes, aucune envie d'y pénétrer, mais je voulais prendre mes précautions; n'étant sorti que pour observer messieurs les ours, je n'avais point emmené mes chiens. Une idée me vint; je me couchai derrière une pointe de rocher qui me dérobait à sa vue, le fusil allongé dans sa direction et prêt à faire feu. M'ayant perdu de vue, l'ours se dressa sur ses pattes de derrière, pointa les oreilles en avant, et me cherchait des yeux. Il m'offrait ainsi la partie la plus vulnérable de son corps, et mon coup ne devait pas dévier, le rocher supportant mon fusil. La détonation fut suivie d'un si affreux hurlement que mes oreilles en tintèrent; la sueur découla sur mon front. La balle avait atteint les organes vitaux; l'animal se roula quelque temps à terre, puis râla pour la dernière fois.

» Ainsi, deux triomphes signalaient ma journée; je rentrai joyeux au logis, et cependant, quoique harassé de fatigue, mon sommeil fut fiévreux. C'est que mes nerfs avaient éprouvé un terrible ébranlement. »

— Après ce double exploit, mon brave Giacomo, dit Octave, vous dûtes être aguerri contre les ours?

— L'homme bien armé et sûr de la bonté de ses armes, répondit Giacomo, est toujours certain de la victoire s'il a du sang-froid et du courage; mais ces deux qualités font souvent défaut en face de ces hideux animaux: la bête féroce en lutte contre l'homme ne recule point et n'a qu'une unique idée : déchirer et mettre à mort; elle ne paraît point s'occuper d'elle-même, et est sans doute pleine de confiance en ses forces. C'est ce qui n'arrive pas toujours à l'homme; le fusil déchargé n'est plus entre ses mains qu'une massue difficile à manier dans les halliers. De toutes les armes, la plus sûre et celle sur laquelle un homme courageux peut compter, est le large couteau de chasse.

— Mais la baïonnette de votre fusil, fit observer M. d'Avricourt, c'est aussi une arme redoutable.

— C'est la vérité, Monsieur; mais quand on est serré de près, on trouve le manche trop long et trop lourd.

Ils parlaient ainsi autour du fauteuil du blessé, et le temps se passait; la soirée s'avançait et Giacomo parut inquiet de ne point voir le chevrier de retour. Il avait entendu dans les étables des bruits qui annonçaient ue les grands troupeaux étaient rentrés, mais la sonnette du bouc conducteur des chèvres n'avait point ait entendre ses tintements.

— Tandis que je vous amusais de mes récits, dit Giacomo, je crains bien que les ours ou les loups n'aient encore fait brèche dans la troupe de mes chèvres; cependant, il y a déjà longtemps qu'on n'a vu d'ours dans les montagnes environnantes. Ces animaux changent de quartiers, et ces changements sont assez réguliers, d'après les observations que j'ai faites. Il faut que je sache la cause du retard de mon pâtre.

— Je vous suis, dit Octave; vous le permettez, mon père?

M. d'Avricourt y consentit. Giacomo lui paraissait un compagnon si sûr et si prudent, qu'il ne voulut pas refuser cette distraction à son fils.

Les chiens de garde furent détachés et les deux hommes armés sortirent du manoir et prirent la direction de la montagne. La nuit ne faisait que commencer, et un magnifique clair de lune rendait les objets visibles à une grande distance.

Ainsi que nous l'avons dit, le manoir de Sanguinello était situé sur la pente d'une colline où commençaient les pieds des montagnes, et des bois élevés l'environnaient et le dérobaient aux yeux. Ils sortaient de cette enceinte d'arbres et avaient déjà atteint les rochers qui parsemaient un espace assez étendu entre le pied de la montagne et le manoir, quand Giacomo, prêtant l'oreille, dit à Octave :

— N'avancez pas; il y a quelque chose d'extraordinaire là-bas sur notre gauche.

Octave s'arrêta et prêta l'oreille.

— C'est un piétinement de chevaux, dit Giacomo, car la saison où les buffles nous rendent visite n'est pas encore arrivée.

— Je ne crois pas que ce piétinement soit produit par les pieds ferrés de chevaux, dit Octave; c'est confus, tumultueux; il me semble que c'est une troupe de buffles.

Giacomo appuya l'oreille contre terre et dit en se relevant :

— Vous avez raison, mon jeune monsieur; ce sont des buffles, et en grand nombre; mais qui peut les avoir chassés vers cette partie des montagnes? Ecoutez, écoutez... n'entendez-vous rien sur la droite? Per Bacco, monsieur Octave, je distingue le pas lourd de notre pâtre et le piétinement sautillant des chèvres... Venez.

Ils se dirigèrent rapidement à droite et rencontrèrent bientôt le pâtre et son troupeau docile.

— Qu'est-ce que ton bouc a fait de sa clochette, Petrullo?... Lui est-il arrivé accident?

— Hum! répondit Petrullo, c'est vous, signore Giacomo?

— Réponds à ma question, Petrullo. Qu'est-ce que ton bouc a fait de sa clochette?

— Hum! signor Giacomo, laissez-moi reconduire mes bêtes effarouchées au manoir, je vous conterai cela là-bas. J'ai la clochette dans mon havresac.

— Que signifie cela? dit Giacomo à Octave. Pourquoi revient-il si tard et pourquoi s'est-il chargé de la clochette du bouc? Mais, en vérité, ajouta-t-il, je n'ai pas entendu un seul aboiement de ses chiens... Petrullo, où sont les chiens? lui cria-t-il en voyant qu'il pourchassait rapidement ses chèvres.

Au même instant, un grand chien de montagne bondit au-devant de lui.

— Petrullo a de la sagacité, dit Giacomo en caressant la grosse tête du chien. Il a muselé les chiens; il faut qu'il y ait quelque danger à indiquer sa présence par le bruit.

Ils suivirent aussitôt Petrullo et atteignirent bientôt le manoir. Le pâtre compta ses chèvres, les renferma dans leur étable et attacha les chiens. Les habitants du manoir l'attendaient impatiemment dans la grande cuisine ; enfin il arriva, se jeta sur un banc, et le *hum!* son exclamation favorite, sortit bruyamment de sa bouche.

— J'ai soif, signor Giacomo, ma langue est desséchée dans ma bouche.

On donna à boire à Petrullo, dont les habitudes et les mœurs presque sauvages étaient bien connues, puis on le questionna.

— C'est une terrible journée, signors ; oui, une terrible journée ; mais enfin, je n'ai pas perdu une seule chèvre, pas un seul chevreau... D'abord une bande effarouchée de buffles est venue effrayer mes bêtes ; elle a passé comme un ouragan ; les unes ont grimpé sur une pointe de rocher, les autres sur une autre ; toutes ont pris la débandade, et je suis resté tout seul, les chiens étaient lancés à la suite des buffles. Ah! j'ai cru que je ne ramènerais pas tout le troupeau au logis.

Octave se disposait à lui faire une question.

— Laissez-le raconter à sa manière, lui dit Giacomo, autrement il va nous faire des discours inextricables. Eh bien ! mon brave Petrullo, nous t'écoutons.

« Vrai, signors, c'est comme je vous le disais ; je croyais bien qu'il me manquerait quelques-unes de mes bêtes, si terriblement effarouchées ; mais le bouc vint en sautant autour de moi ; il sentait bien que c'était là qu'il trouverait le plus de sûreté. Le tintement de la clochette ramena une chèvre, puis le reste du troupeau autour de moi ; les chiens aussi étaient revenus, et je me disais déjà, à part moi :

» — Allons, ce n'est qu'une alerte sans conséquence.

» Mais je me trompais, comme vous allez le voir, signors ; ne voilà-t-il pas que mes chiens, se tournant

vers la montagne, le museau en l'air, les oreilles dressées, commencèrent à hurler à qui le plus fort.

» — Hum ! que je me dis, il y a aussi de l'orage de ce
côté-là ; ce n'est pourtant pas l'époque où les avalan-
ches descendent de là-haut.

» La grande caverne dont l'entrée est si étroite se
trouvait à deux pas, j'y conduisis le troupeau, qui suivit le bouc, que j'y entraînai par les cornes. Les chiens
hurlaient toujours en reculant vers la caverne, et d'autres hurlements leur répondirent.

» — Ah ! que je me dis, il y a une bande de loups ;
mais qui peut donc les chasser à cette heure ? c'est le
soir et durant la nuit qu'ils font leur musique.

» J'appelai les chiens, roulai la grosse pierre à l'ouverture de la caverne, et me tins en sentinelle à l'é-
troite ouverture que la pierre ne fermait pas. C'était
à peine fait que j'entendis les bondissements des loups.

» — Attention, Petrullo, attention, que je me dis, la
bande est nombreuse ; c'est celle qui a chassé les buffles ; elle va s'abattre à l'ouverture et m'assiéger.

» Les chèvres dansaient derrière moi ; le bouc est
venu bravement à côté des chiens, présentant ses longues cornes. Je poussai une autre pierre dans l'ouverture ; les loups ne pouvaient plus y passer que le museau.

» — C'est bien, que je me dis ; venez, maintenant,
vilaines bêtes.

» Ça ne fut pas long : le concert se fit à ma porte, et
mes chiens d'y répondre. Voilà un museau armé de
longues dents qui passe par le trou ; d'un coup de bout
de mon bâton ferré, je le rejetai en arrière ; un autre
prend sa place, même cérémonie qu'au premier ; mais
ils se ruèrent à l'entrée, ébranlèrent les pierres que
je soutenais du genou de toutes mes forces. La plus
petite pierre tomba dans l'intérieur et un loup la sui-

vit : je laissai mes chiens se charger de l'expédier, et repoussai ceux qui se présentaient à l'ouverture de la caverne. C'était comme un va-et-vient, comme un flot qui s'avance, se recule pour revenir encore : hurlements au-dehors, hurlements et piétinements au-dedans ; je ne distinguais plus qu'un vacarme assourdissant ; je sentais mes forces diminuer ; un second loup bondit dans la caverne, le brave bouc le reçut sur les cornes, le culbuta, le foula aux pieds, un chien l'étrangla ; mais je n'avais pas le temps d'admirer leur courage, il fallait taper ferme à l'ouverture. Tout-à-coup un long hurlement part de derrière les loups ; la bande se tut, puis, hurlant tour à tour, elle prit la fuite vers les gorges. Il était temps, hum ! oui, il était temps ; la sueur me couvrait le corps, tombait comme d'une source de mon front, et mes bras étaient fatigués de frapper.

» — Mais, que je me dis, quelle nouvelle bête a fait ainsi décamper les loups? Est-ce un ours? Mais ils n'auraient pas si rapidement déguerpi devant un seul ours. Il y en a, bien sûr, une bande. D'où diable provient ce déménagement de toutes les bêtes de la montagne? Vous allez voir; et ce n'est pas le moins intéressant. Pan, pan, pan, et toujours pan, pan, pan. Oh! que je me dis, la bande des chasseurs est nombreuse; ce n'est pas le signor Giacomo ni le signor Octave qui chassent... Mais qui est-ce donc?...

» J'ôtai la clochette du bouc, je muselai les chiens et sortis doucement de la caverne. De l'autre côté de la ravine, que vois-je? une troupe de soldats qui s'amusaient à tirer sur les loups.

» — Les habits bleus, que je me dis, et ces chapeaux cornus ne sont pas portés par les troupes italiennes. Attention, Petrullo, ceux qui tuent les loups pourraient bien aussi tuer les chèvres pour les manger.

» Je rentrai dans la caverne, où je tâchai d'obtenir le silence. Deux heures se sont ainsi écoulées, et c'est quand je n'ai plus rien entendu que j'ai pris le parti de ramener le troupeau. En voilà une fameuse journée, signors... Mais j'ai une soif et une faim enragées... Où est donc la vieille Martha? Croit-elle que parce qu'on rentre tard, on a trouvé à se remplir l'estomac sur la route?

V. — Recherche d'un nouvel asile. — Le détachement français.
— Le sergent-major Basile.

Tandis que le rustique et avisé Petrullo satisfait amplement les besoins de son estomac, Giacomo et Octavo sont retournés auprès du blessé et lui font part du récit de Petrullo.

— Les troupes républicaines victorieuses ont envoyé quelques détachements dans ces montagnes, dit M. d'Avricourt. Nous recevrons immanquablement leur visite, et notre présence vous compromettra, mon bon Giacomo.

Il portait en même temps un regard inquiet sur le visage du régisseur.

— Le seigneur comte vous a envoyé ici, vous a confié à Giacomo, et Giacomo ne vous abandonnera ni ne vous trahira. Nous avons une nuit pour réfléchir, et l'on dit que la nuit porte conseil. Dormez en paix si vous le pouvez. Ne dites rien de tout cela à la signorella : la jeunesse est facile à alarmer; demain nous aviserons. Dormez, sinon tranquille d'esprit, du moins sans inquiétude pour la nuit.

Il n'y avait aux environs aucune habitation; la plus rapprochée se trouvait à une grande distance : Giacomo conclut que le détachement républicain, s'il n'avait rejoint son corps, camperait aux environs et allume-

rait des feux pour se mettre à l'abri de la fraîcheur de
la nuit, si pénétrante dans les montagnes ; il sortit bien
armé et suivi d'un serviteur et d'un chien. Il gravit un
pic de la montagne d'où la vue s'étendait au loin et
porta ses regards de tous côtés. A la distance de près
d'une lieue il crut distinguer des colonnes de fumée
qui s'étendaient dans la limpidité du ciel. C'était, il ne
pouvait en douter, le détachement républicain. Il se
trouvait dans la direction de la ville ; cela lui fit espérer qu'il ne s'aventurerait point dans les montagnes,
trop peu peuplées pour inspirer des inquiétudes à l'armée victorieuse. Mais si un hasard ou un plan d'explo-
ration avait déjà conduit un corps séparé jusqu'aux
limites du manoir, il pourrait aussi arriver qu'en pour-
suivant sa marche, l'armée ennemie n'en couvrît les
flancs par des troupes d'éclaireurs. Il fallait aviser à
cette circonstance possible. Il revint, et son plan était
tiré quand il rentra au manoir.

Les chevriers ont ordinairement des huttes sur les
montagnes, dans les endroits les plus escarpés. Petrullo était trop ami de sa personne pour avoir négligé
de se procurer cette commodité ; dès le lendemain matin, il fit monter à cheval, en l'y installant le plus com-
modément possible, M. d'Avricourt, et le fit conduire
avec ses deux enfants et sa fille, qu'il eût trouvée de
trop au manoir en cas d'une visite militaire. Lui-même
suivait de près avec un autre cheval chargé de provisions et des effets les plus précieux qui se trouvaient
au manoir, et rejoignit la petite troupe à l'instant où
la voie était impraticable pour les chevaux. Avec l'aide
de Petrullo, M. d'Avricourt fut hissé sur des rochers
escarpés et installé dans la demeure passagère du
chevrier ; Octave et les deux jeunes f"es purent y arriver sans aide, et le reste des bagages y fut aussi mis
en sûreté.

Le soleil n'était pas encore très élevé au-dessus de l'horizon, quand Giacomo et Petrullo retournèrent au manoir. Petrullo fit sortir ses chèvres et les conduisit dans les environs de la retraite de la famille d'Avricourt, et le manoir reprit ses habitudes journalières ; seulement les hommes du hameau furent prévenus qu'on avait découvert dans les environs des détachements français et que les hôtes de cette résidence s'étaient retirés vers Naples. Ce fut une alerte pour ces gens demi-sauvages, qui ne voyaient que rarement une figure étrangère au hameau.

Vers le milieu de la journée, un détachement de trente hommes arriva au manoir ; un guide pris dans les montagnes les y avait conduits. Giacomo les reçut sans gêne, sans empressement, et mit à leur disposition le peu de vivres qui s'y trouvaient.

— Du pain et du vin, dit le jeune chef du détachement, c'est ce dont nous avons le plus pressant besoin. Votre basse-cour me paraît bien peuplée, nous diminuerons un peu cette population ; c'est pour nous une bonne fortune que nous ne rencontrons pas souvent dans vos maudites montagnes.

Puis, changeant brusquement de conversation, il adressa cette question à Giacomo :

— Nos renseignements sont positifs, on a vu deux fois à l'église de la ville voisine trois étrangers qui habitaient cette maison ; où sont-ils, signor ?

— On vous a dit la vérité, répondit Giacomo sans s'émouvoir ; le propriétaire de ce manoir habite Naples ; il m'envoya, il y a quelque temps, trois de ses amis, un père de famille et ses deux enfants ; l'air de nos montagnes leur était recommandé. J'avais reçu avis de mon maître de les faire retourner promptement à Naples, et ce matin ils ont pris la route de cette ville. Je suis le subordonné du maître de ce manoir, il m'a recommandé de recevoir ses trois amis, je les ai reçus, je les ai fait accompagner à Naples dès que j'en ai reçu l'ordre; j'ai agi comme je devais agir, sans m'informer des affaires de ceux qui sont au-dessus de moi.

— Fort bien, fort bien, dit le jeune officier, dont l'œil investigateur n'avait pas cessé un instant d'être fixé sur le visage de Giacomo. Mais, dites-moi, mon ami, ces personnes parlent-elles italien ?

— L'italien de nos montagnes diffère beaucoup de l'italien parlé à Naples ; ces personnes avaient un langage plus doux et plus pur que le nôtre.

— Parfaitement répondu, dit le jeune officier en riant. Quels noms portaient ici les trois amis de votre maître ?

— J'ai entendu les enfant nommer leur père Guillelmo, et le père appelait son fils Ottavio et sa fille Maria.

— Des Italiens, dit en lui-même l'officier ; ensuite, s'adressant encore à Giacomo, il lui demanda quelle route ils avaient prise.

— Une route détournée, répondit-il, parce qu'une bande nombreuse de buffles a passé hier au soir dans notre voisinage, et ils se sont dirigés vers la route que l'on suit ordinairement pour aller à Naples.

— Hé ! Basile, approchez donc ; les buffles que nous chassâmes avant-hier ont passé près de ce manoir pas plus tard qu'hier au soir.

Basile était un sergent-major qui paraissait tout au plus avoir une vingtaine d'années; grand jeune homme brun, la figure mâle et hardie.

— Ah ! dit-il en répondant à son sous-lieutenant, pends-toi, Basile, les buffles ont passé par ici et tu n'y étais pas. Mais nous avons donné la chasse à une bande de loups... Ah ! le bon, l'admirable pays de chasse !

Puis, passant brusquement à une autre suite d'idées, il demanda à Giacomo s'il pensait que les buffles fussent bien éloignés.

— Ce sont des animaux vagabonds, signor, répondit-il; ils se dirigent vers les bas-fonds, dans les gorges des montagnes où ils trouvent des pâturages, et ne les quittent que lorsqu'ils les ont épuisés ou qu'ils en sont chassés par les ours ou les loups.

— Belle chasse, belle chasse, dit le sergent-major. Lieutenant, ne pourrai-je pas pousser une reconnaissance en avant, avec quelques-uns de nos bons tireurs ? Si nous rapportions les quartiers d'un beau buffle, les camarades pourraient mettre le pot-au-feu ; cela vaudrait bien pour eux la poule de Henri IV.

Quelques instants après, Basile, à la tête de ses grenadiers, se lançait avec l'ardeur d'un chien courant sur les traces de la bande des buffles. Mais le lieutenant, plus prudent, les fit suivre d'un piquet de dix hommes, et après avoir examiné le manoir, s'y installa militairement avec le reste de son détachement.

Tandis que la sentinelle se promenait lentement à la porte d'entrée du château, le lieutenant prit à part Giacomo et lui demanda si la contrée était, comme on en avait répandu le bruit, dans une grande fermentation.

— Nous vivons fort retirés ici, répondit Giacomo, et n'apprenons de nouvelles que lorsque le hasard nous mène un étranger. Je ne sais rien de la disposition des esprits... Notre contrée est si peu peuplée...

— Ce n'est pas à vous, simples habitants des montagnes, que nous faisons la guerre, dit le lieutenant, mais aux hommes armés et qui...

Il s'arrêta comme s'il eût craint d'en trop dire. Il ajouta :

— Nous ferons une terrible brèche dans vos provisions de bouche, mais si Basile atteint les buffles, nous vous laisserons une compensation suffisante de viande.

Puis, regardant fixement Giacomo, il ajouta, en tirant de sa poche un petit livre d'heures :

— Je crois que vous savez à qui appartient ce livre que l'on a trouvé dans un sentier fraîchement battu, et sur lequel on peut encore remarquer les empreintes des fers des chevaux qui ont dû y passer récemment.

Il ouvrit en même temps le livre, et sans donner le temps au pauvre Giacomo de chercher une réponse, il lut, écrit sur la première page : *Ce livre appartient à Marie d'Avricourt.* Reportant ensuite les yeux sur Giacomo, il lui dit :

— Vous remettrez, de la part du lieutenant Delmas, ce livre à mademoiselle d'Avricourt, et vous conseillerez à son père de chercher une retraite plus sûre. Si je n'avais pas trouvé le moyen d'éloigner le sergent-major, ils eussent été découverts, quelle que soit leur retraite. Giacomo, ajouta-t-il en lui posant la main sur l'épaule, nous ne sommes pas tous des fous exaltés, et il y en a plus d'un parmi nous qui sont venus chercher sous les drapeaux la sécurité que l'on ne trouve plus en France. Une balle, un boulet sont moins effrayants que l'affreux couteau de la guillotine... Taisez-vous et traitez mes hommes le mieux que vous le pourrez.

Il sortit. Giacomo resta tout ébahi, tout troublé; mais les paroles du lieutenant le rassurèrent; il ne songea plus qu'à bien traiter ceux qui étaient venus s'installer au manoir.

— Il craint le sergent-major, se dit-il à lui-même, et c'est à cause de cela qu'il l'a lancé à la poursuite des buffles; mais s'il ne lui faut que de pareilles distractions, nous lui en trouverons ici, au sergent-major, s'ils prolongent trop longtemps leur séjour au manoir.

Il eut presqu'aussitôt la désagréable certitude qu'il aurait encore à héberger ses hôtes durant quelque temps : dix nouveaux grenadiers arrivèrent, et le lieutenant recevait l'ordre d'observer les passages des montagnes et de prendre une position sûre dans le manoir.

Vers le soir, le sergent-major et ses hommes rentrèrent chargés des quartiers d'un buffle.

— Camarades, cria le sergent dès son entrée dans la cour, préparez le grand pot-au-feu et toutes les broches du citoyen Giacomo... c'est aujourd'hui jour de bombance.

Cette provende remplit de joie la troupe des grenadiers. En pareille occurrence, tout soldat français devient cuisinier. La grande cuisine du manoir eut bientôt son cordon-bleu, ses aides, ses marmitons, et les sabres brillèrent dans les chairs du buffle. Il fut mis à toutes les sauces, et tout cela se fit au milieu d'un feu roulant de plaisanteries de toutes les qualités.

Le festin homérique est achevé, il ne reste plus sur la table que les débris d'os et des bribes de pain ; mais les cruches sont encore là.

— Holà ! cria le lieutenant en entrant, c'est assez bu ; ce n'est pas sur le territoire ennemi qu'il faut perdre la tête.

Il y eut un silence complet. Le lieutenant désigna les hommes de garde, distribua les postes, et prouva qu'il avait la sagacité du soldat et l'expérience d'un prudent officier.

— Signor, dit Giacomo au sergent-major, vous êtes un rude chasseur ; quand vous voudrez m'entendre, j'ai deux mots à vous dire : je suis aussi un vieux chasseur ; mais ma spécialité est l'ours.

— Ah! tant mieux, répondit Basile; je suis à vous dans un quart d'heure, camarade. Au revoir, mon confrère en saint Hubert.

Il courut à son devoir. Le quart d'heure ne s'était pas encore écoulé qu'il se trouvait installé en face de Giacomo, à côté d'une pile de peaux d'ours.

— Vaillant fils de saint Hubert, lui dit-il, voilà des trophées qui en valent bien d'autres; tu as dû combattre froidement et courageusement pour enlever cette grande dépouille (il soulevait une grande peau d'ours.) Mais je ne vois pas le trou de la balle, et la peau n'est point endommagée... Attaquerais-tu quelquefois l'ours au moyen d'engins? Fi! Giacomo; c'est avec le fusil et la baïonnette qu'un vrai chasseur combat. Allons, camarade, tu vas me conter cette histoire; mais, comme j'ai la gorge brûlante, tu vas nous faire apporter un pot de vin, et je jouirai du plaisir de t'entendre et de celui de me rafraichir.

— Vous serez satisfait, citoyen, dit Giacomo en se levant.

— Il n'y a pas ici de citoyen, camarade; il y a un franc et dévoué enfant de saint Hubert; un vrai citoyen des bois, si cela se pouvait, et il serait cent fois plus heureux que sous cette glorieuse casaque, qui ne nous permet de chasser que nos semblables. Commençons d'abord par le pot de vin; il nous disposera, toi, camarade, à me raconter ton combat contre le porteur défunt de cette hideuse défroque, et moi, à t'écouter plus attentivement.

VI. — Giacomo et Basile à la chasse de l'ours.

« La peau que vous voyez ici, dit Giacomo, est celle de l'ours le plus grand et le plus féroce qui ait hurlé depuis longtemps dans nos montagnes. Je ne sais d'où

il venait, mais, pour certain, il ne venait pas d'un pas
g boyeux; il était maigre, c'était une peau sur des os;
et au milieu de cela, un estomac affamé. Il signala son
arrivée en nous enlevant deux chèvres, puis une gé-
nisse, puis un porc qu'il vint prendre à notre barbe,
comme vous dites, vous autres Français. Je le guettais
depuis quelques jours, mais comme il n'avait point encore choisi sa tanière, je trouvais ses traces et jamais
le lieu de sa retraite.

» Je pris mon fusil avec sa baïonnette, mon trident et
mon couteau de chasse, et, suivi de mes deux chiens,
je me mis à sa poursuite. Ce ne fut pas difficile de le
découvrir : outre ses grandes traces que je trouvais çà
et là empreintes, j'entendais le grognement plaintif de
mon porc. Le drôle l'avait jeté sur son dos et gagnait
un lieu retiré où il espérait déjeuner en paix en prenant ses aises. Voilà mes chiens de hurler et de tendre
la corde que je tenais à la main : je les lâchai et ils se
lancèrent après mon voleur. Je me gardai bien de
m'essouffler en courant aussi. Quand j'arrivai, l'ours
tenait sous une de ses pattes de devant le pauvre porc
qui se débattait inutilement, et de l'autre il écartait
prestement les chiens en pivotant sur lui-même sans
lâcher sa proie. A ma vue, il s'arrêta, se souleva sur
les pattes de derrière pour mieux reconnaître l'ennemi
nouveau qui survenait. Le porc fit un bond, et alla
rouler tout sanglant entre mes chiens. L'ours comprit
qu'il allait avoir affaire à un ennemi plus dangereux
que mes chiens.

» Je le vois encore, secouant deux ou trois fois sa
grosse tête, puis faire un saut lourd vers moi. Un des
chiens l'approche; le sournois animal, qui faisait sem-
blant de ne voir que moi, lui lâche un coup de patte et
l'envoie à dix pas de lui. L'affaire allait devenir fort
sérieuse; je le compris. Sans faire un pas de plus, j'ar-

mai mon fusil et je mis entre l'ours et moi une pointe
de rocher dont j'espérais tirer parti. Il fit encore quelques sauts en avant, puis se dressa sur ses pattes de
derrière. Le moment était favorable; je lâchai la détente du fusil; le coup ne partit point : le bassinet n'a-
vait pas de poudre.

» — Ah! povero, me dis-je, prends garde à toi!

» Je dégaînai prestement mon couteau de chasse, le
mis entre mes dents et présentai la baïonnette à l'assaillant. J'ai servi, signor, et j'ai plus d'une fois croisé
la baïonnette; plus d'une fois on l'a écartée, mais, per
Bacco, je n'ai jamais vu un assailli l'écarter plus habi-
lement que mon grand ours; non-seulement il l'é-
carta, mais ce qui vous surprendra, c'est qu'il m'arra-
racha le fusil des mains avec une vigueur inexprima-
ble, puis voulut le tourner contre moi pour m'assom-
mer.

» — Hum! que je me dis, un coup de crosse appli-
qué par ce gaillard-là assommerait un bœuf.

» Je bondis sur lui, et lui enfonçai mon couteau de
chasse entre les pattes de devant; c'est un bon endroit
pour tuer l'ours. Le coup était bon; mon couteau,
comme vous le voyez, est large et bien affilé. La bête
hurla, étendit les pattes, lâcha le fusil; elle tomba sur
les pattes de devant, puis chancela et tomba en rugissant sur le flanc. Je m'écartai et me tins à distance
avec mes chiens.

» On dit qu'il y a des gens qui n'ont jamais tremblé;
mais je ne suis pas de ce nombre, car en voyant la
bête énorme se tordre dans les douleurs de l'agonie,
je sentis le tremblement secouer tous mes membres.

» Et voilà comme je me suis trouvé possesseur de
cette grande peau brune. »

— Que le grand saint Hubert reçoive mes actions de
grâces, dit Basile d'un ton emphatique qu'il avait pro-

bablement puisé dans le pot; qu'il les reçoive! j'ai
trouvé dans ces sauvages contrées un vrai chasseur.
Que je vous embrasse; non, que je te serre dans mes
bras, héros de ces montagnes. Je te demande la fa-
veur de t'accompagner une fois à la chasse de cet animal, avec lequel je ne me suis point encore rencontré
nez à nez, comme toi, brave Giacomo... Allons, dis-moi,
ne pourrais-tu pas nous dénicher un ours quelconque,
un véritable ours?

— Cela se pourrait en cherchant bien, dit Giacomo
en souriant, mais il faudra faire plus d'un pas dans les
gorges du nord, et votre service.....

— Bast! mon service, dit le sergent-major; c'est une
occasion unique dans la vie, et le lieutenant est trop
bon enfant pour ne pas nommer un sergent-major pour
jour ou deux.

— Oh! alors, je vous promets un ours, dit Giacomo.

Le lendemain, la vapeur du vin s'était évaporée du
cerveau du sergent-major Basile, mais non le désir de
un chasser un ours.

— Prenez ces habits de chasseur, lui dit Giacomo;
ils sont moins brillants que votre uniforme, mais cela
n'en vaut que mieux. Que vos deux soldats en fassent
autant, et en route.

Nos quatre chasseurs, avec des provisions pour un
jour, se mirent en route, mais Giacomo se garda bien
de les diriger vers la montagne où se trouvait la retraite de la famille d'Avricourt. Une colonne de fumée
pouvait l'indiquer aux chasseurs.

Ils abattirent plusieurs pièces de menu gibier, tirè-
rent sur un loup qu'ils manquèrent, et arrivèrent à
l'entrée d'une gorge affreuse et tellement garnie d'arbres et de broussailles, qu'il parut impossible d'y pénétrer. Tout-à-coup Giacomo se pencha et examina
le sol.

— Hum! sergent-major, voilà une piste fraîche, l'ours est dans cette vallée; il en est sorti hier au soir. Voyez, la rosée couvre la trace sortante; il y est rentré par ici, la trace a écrasé la rosée.

— Enfin, dit Basile, nous allons donc te dire un mot, monseigneur l'ours.

— N'allez pas trop près de son oreille, major; il faut lui parler à distance respectable; il a l'oreille très fine, très alerte... Mais laissez-moi diriger la chasse, je vous laisserai l'honneur d'attaquer la bête. Ici, mes fidèles; ici, mes bons chiens. Ah! vous sentez la bête, elle a fait un détour dans le fourré. Bien, bien, c'est vers la montagne qu'elle se dirige; en avant, mes bons chiens.

Et les chasseurs de les suivre, animés par leurs hurlements.

— Postez-vous ici, dit Giacomo aux deux soldats; si l'ours vient à vous, laissez-le passer; seulement appuyez les chiens à distance. A nous deux maintenant, signor major. Il est dans cette pointe de broussailles, voyez les chiens qui bondissent autour... Pas trop d'ardeur, je vous en prie; au contraire, du sang-froid; la bête a la vie dure.

Un cri, ou mieux un hurlement prolongé des chiens attira leur attention.

— Il va sortir et gagner la montagne, dit Giacomo. Appelons nos hommes, il change de direction; c'est un vieil ours.

Un instant après, ils l'aperçurent, mais une minute seulement, sur une petite élévation.

— Bien, bien, signor major, la vallée opposée est presque nue... Hâtons-nous.

Du haut de l'éminence, les chasseurs découvrirent l'ours qui galopait lourdement entre des blocs de rochers. Sous la direction de Giacomo, ils coupèrent à

gauche et se trouvèrent avant la bête à la lisière d'un
bois vers lequel elle se dirigeait. L'ours avait le vent
contraire et ne s'aperçut de leur présence que quand
il ne pouvait l'éviter qu'en rétrogradant. C'est probablement ce qu'il ne voulut pas faire; mais il s'arrê,
dressa les oreilles, et mettant les pattes sur un rocher,
il regarda les chasseurs.

— Allons à lui, puisqu'il ne vient pas à nous, dit l'im-
pétueux Basile.

— Hum! fit Giacomo, soyons calmes et voyons le
parti qu'il va prendre. Ne le tirez pas quand il aura la
tête tournée vers vous, la balle glisserait sur le poil.

Cependant les chiens le harcelaient par derrière; à
peine y faisait-il attention. De temps à autre, il les
écartait d'un coup de patte.

— Restez ici, dit Giacomo, je vais aller le déloger;
s'il vient sur moi, accourez: à vous l'honneur du combat, signor sergent-major.

Il se glissa aussitôt derrière un rocher. Quelque précaution qu'il prît, l'ours l'aperçut et parut un instant
incertain, mais ne voyant qu'un ennemi, il prit le parti
d'aller droit à lui. A cette vue, Basile se lança étour-
diment entre l'ours et Giacomo, et se trouva à deux ou
trois pas de la bête, la baïonnette au bout du fusil.

— Garde à vous, cria Giacomo; portez plus bas la
baïonnette; évitez les pattes de devant.

Conseils inutiles : la bête féroce, avec une prestesse
qu'on n'eût pas dû attendre de cette lourde masse, fit
un bond de côté, et retombant par un second bond sur
le fusil, il l'arracha des mains du major. Mais, par un
hasard providentiel, le coup partit et atteignit l'ours
sous l'épaule droite. Giacomo était déjà auprès de
Basile.

— Prenez ce fusil, dit-il en lui donnant le sien, et

complétez votre victoire ; mais, per Bacco, écartez-
vous donc ; il va vous emporter un lambeau de chair.
Basile fit deux bonds en arrière, et couchant l'animal
en joue avec un sang-froid qui fit l'admiration de Giacomo, il lui envoya sa balle dans la tête, et comme
c'était une balle faite par Giacomo, elle perça le crâne,
tout dur qu'il était. L'ours tomba, se débattit un instant ; il était frappé mortellement.

— Bravo, bravissimo, signor major. Voilà un coup
que vous envierait le chasseur le plus habile. Mais at-
tendez donc, ces maudites bêtes font quelquefois les
mortes pour donner leur dernier coup de griffe en
expirant.

La recommandation était sage, quoiqu'alors inutile.
La bête féroce n'avait que la chaleur vitale.

Emporter l'ours, l'étaler dans la cour du manoir, aux
yeux de tous les grenadiers rassemblés à ses cris de
triomphe, à ceux de ses deux compagnons, aussi joyeux
que lui, et par les hurlements des chiens, fut pour le
sergent-major Basile l'instant le plus heureux de sa
vie.

A partir de ce jour, Basile ne jura plus que par le
brave Giacomo, et ils devinrent amis à la vie et à la
mort ; ainsi le disait Basile.

Ce fut un bonheur pour la famille d'Avricourt : les
battues dans le pays furent dirigées par Giacomo, et
l'honnête et généreux lieutenant, qui comprenait la
conduite du brave Giacomo, ne chercha point à découvrir l'asile de la famille de l'émigré.

VII. — Départ du détachement. — Retour de la famille d'Avricourt au manoir. — Octave s'égare à la chasse. — Rencontre du petit fantassin. — Suite de cette rencontre.

Depuis six jours les grenadiers du lieutenant Delmas sont au manoir, recevant et envoyant des correspondances, lorsque l'ordre du départ arriva. L'armée française marchait en avant et les différents corps s'étendaient dans le pays, y choisissant des positions avantageuses et s'attendant chaque jour à une attaque des Autrichiens, réunis aux troupes encore disséminées du roi de Naples.

Le lieutenant, avant son départ, prit Giacomo en particulier, et lui dit :

— Nous partons, mais nous serons bientôt remplacés par des détachements plus nombreux. Le bruit s'est répandu qu'il y avait des soulèvements dans les Calabres et les Abruzzes : si nous sommes victorieux en avançant dans le pays, votre contrée sera inondée de troupes ; si nous éprouvons des échecs, nos corps d'armée, dans cette partie de l'Italie, s'empareront des positions des montagnes. Je vous dis cela, Giacomo, parce que vous n'avez pas suivi le conseil que je vous donnai en arrivant ici. Je vous le répète aujourd'hui, la famille d'Avricourt doit chercher un autre asile pendant qu'il en est temps encore. Je sais où elle est retirée.

Le généreux lieutenant lui serra la main et s'éloigna.

Peu d'instants après, le tambour éveillait les échos des vallées, et le détachement allait se mettre en marche, quand le sergent-major Basile accourut, et pressant la main de Giacomo avec effusion :

— Adieu, mon confrère en saint Hubert ; tu m'as procuré la plus grande joie que j'ai éprouvée de ma vie.

Nous allons combattre d'autres ennemis que des ours :
ah! ah! si je tombe sous une balle ennemie ou tout
autre projectile, j'emporte avec moi mon linceul, et je
dormirai dans mon trophée. Adieu, brave Giacomo.
Tiens, je n'ai de précieux que cette pipe, elle est joli-
ment culottée; garde-la en souvenir de moi, et si tu
écris tes mémoires de chasseur, fais une petite mention du sergent-major Basile. Adieu, mon vieux. Mais
que je suis donc niais, j'oubliais le plus important;
écoute, mon ami Giacomo, et garde bien mes paroles
dans la mémoire. Si jamais tu trouves un soldat français blessé, ou ayant besoin de ton secours, soigne-le,
secours-le en souvenir de ton ami Basile... Adieu, encore une fois.

Il s'éloigna en essuyant une larme.

Giacomo resta tout pensif : son regard suivait la petite troupe française qui gravissait une élévation. Il ne
put s'empêcher de se dire en lui-même : — Il y a du
bon dans ces Français; ils ne m'ont rien emporté,
pourtant ils sont en assez mauvais état d'habillement
et de chaussure. Dieu bénisse le sergent-major Basile
et le lieutenant Delmas !

Lorsque la troupe se fut éloignée, Giacomo, avec le
peu de provisions qui lui restaient, se rendit à la retraite de la famille de l'émigré, qu'il n'avait osé aller
visiter, se trouvant sans cesse sous les yeux des Français; elle était presque affamée, quoique Octave se fût
hasardé plusieurs fois dans les gorges pour se procurer
du gibier. Giacomo fut donc le bien accueilli et la joie
fut grande dans la demeure sauvage de Petrullo. Ce que
Giacomo raconta de la conduite des Français impres-
sionna M. d'Avricourt. Quoique fuyant devant ses compatriotes, il se trouva heureux de retrouver en eux
des sentiments de générosité, et le sentit encore mieux

quand Giacomo lui rapporta les dernières paroles du lieutenant.

Sa position pouvait devenir de plus en plus dangereuse. Il songea à préserver sa famille et à lui trouver un refuge à l'abri des vicissitudes de la guerre. Depuis quelque temps, le comte ne leur faisait plus parvenir de nouvelles; ce silence devenait inquiétant. Giacomo fut dépêché vers Naples pour s'informer de l'état des choses, et la famille d'Avricourt, retournée au manoir, y vivait dans un état d'inquiétude que les moindres bruits du dehors augmentaient chaque jour. Tantôt ils apprenaient que les Autrichiens s'avançaient avec des forces considérables ; tantôt que les Français victorieux balayaient devant eux leurs ennemis et allaient mettre le siége devant Naples.

Malgré toutes ces inquiétudes, le jeune Octave ne s'en livrait pas moins à son plaisir favori, à la chasse. Mais il évitait, d'après les conseils de Giacomo, de s'attaquer aux ours, que les mouvements de troupes avaient délogés de leurs tanières. Un jour, cependant, c'était le cinquième depuis le départ de Giacomo pour Naples, l'ardeur de la chasse l'avait entraîné au-delà des limites ordinaires, et lorsque le soir fut venu, il ne reconnut plus la région des montagnes où il se trouvait et fut obligé de chercher un refuge, pour la nuit. Ce n'était ni l'obscurité ni son isolement dans les montagnes qui l'effrayaient ; il n'avait point aussi à craindre la faim; quand un chasseur a la gibecière pleine, il ne laisse point pâlir son estomac : ce qui fatiguait son esprit, c'est qu'il comprenait les inquiétudes que son absence allait causer à son père et à sa sœur. Octave, insouciant pour toutes les autres commodités de la vie. ne l'était plus quand il s'agissait de ses parents.

Fatigué de ces pensées, il chercha un lieu commode pour préparer son souper et pour y passer la nuit.

3

Il se trouvait assez élevé dans les montagnes, et les gorges, déjà assombries par les premières ténèbres, s'étendaient comme des rubans sombres sous ses pieds. L'air devenait frais, le vent piquant; il ramassa des broussailles sous un rocher qui surplombait le sol, y mit le feu et se vit bientôt en face d'un magnifique brasier. Un lièvre, dépouillé de sa peau et suspendu au bout d'une baguette, tournait lentement devant la flamme et promettait au jeune chasseur un assez bon souper. Il lui restait encore du pain, un peu de vin. Que pouvait-il désirer de plus?

La jeunesse est insouciante; Octave était jeune, il oublia bientôt ses préoccupations à la vue du repas qu'il allait prendre et qu'il préparait en véritable chasseur. Soudain, son chien, qui s'était étendu devant le brasier, suivant du regard le lièvre qui tournait suspendu au bout de la brochette et dont il s'attendait à avoir sa part, se dresse vivement sur ses pattes de devant, hume l'air ambiant et paraît inquiet. Il resta quelques instants dans cette position, puis bondit tout-à-coup et fit entendre un aboiement éclatant.

— Qu'entends-tu, mon bon chien? dit Octave; est-ce une créature de Dieu que l'on nomme homme? est-ce une bête à poil qui rôde autour de nous?

Le chien continue ses aboiements, qui deviennent de plus en plus forts; enfin, il s'élance en avant et sa voix devient menaçante.

— Voyons, dit Octave, en prenant son fusil, viendrait-on me disputer le souper que j'ai bien légitimement gagné?

Il suivit de loin le chien.

— Arrière! cria une forte voix, du bas de l'élévation; arrière, maudit aboyeur, ou je t'embroche avec ma baïonnette. Holà, pâtre, holà! l'ami, es-tu sourd?

Faut-il que je tue ton chien pour t'apprendre à recevoir plus hospitalièrement un fantassin français?

Octave tressaillit au son de cette voix, et en entendant parler la langue de son pays natal. Il n'y avait pas d'autre parti à prendre que celui de s'avancer, de retenir son chien et de reconnaître l'homme qui lui parlait si cavalièrement. C'était un jeune homme de son âge, de petite taille, mais fortement constitué. Il était seul, mais il annonça l'arrivée de trois camarades égarés avec lui dans les gorges des montagnes.

— Dam! dit-il en toisant Octave, tu n'as pas l'air d'un de ces pâtres déguenillés que nous rencontrons par-ci par-là, dans ces gracieuses contrées...

Il jeta en même temps les yeux sur son propre accoutrement, et dit en riant :

— Eh! farceur! je ne dois pas parler avec mépris des guenilles, j'en ai un assortiment complet. Ho! ho! la fortune me sourit, aujourd'hui ; voilà une magnifique pièce de gibier qui se chauffe les côtes devant ce brasier ; *gaudeant benè nati.*

A cette exclamation, Octave comprit que l'homme qu'il avait devant lui n'était pas un soldat grossier et ignorant : il s'observa davantage tout en examinant le nouvel arrivant, ne sachant s'il devait répondre en français ou en italien. Ce fut en cette dernière langue qu'il lui répondit, espérant ainsi mieux cacher son identité.

— De mieux en mieux, dit le petit fantassin ; au lieu d'un pâtre aussi déguenillé qu'un fantassin français, je trouve un matador chaudement vêtu de bons habits... de drap assez fin, ajouta-t-il en palpant le pan de l'habit d'Octave ; et quand je m'attends à le voir me baragouiner cet odieux patois des montagnes, *il signor cavaliere cacciatore,* il me parle l'italien d'un puriste. Je parie que s'il a un troupeau, au lieu de chèvres aux

poils hérissés, il aura de beaux petits moutons comme
j'en ai tant vu dans les tableaux, à Paris, et aussi de
beaux petits agneaux, comme la ci-devant Deshou-
lières.

Et il se prit à rire aux éclats. Si la langue était occupée, ses mains ne restaient pas inactives : avec la
pointe de son briquet, il tâtait les côtes de l'animal qui
rôtissait et interrogeait, en vrai gastronome, le degré
de la cuisson.

— Encore quelques tours sur toi-même, mon ami, et
tu seras digne de la table d'un colonel.

On voit bien que c'était au lièvre qu'il parlait; et en
même temps, il présentait à la flamme les parties les
moins avancées en cuisson avec autant de sans-gêne
que s'il eût tué le lièvre et l'eût préparé lui-même.

Cette bonne humeur éveilla celle d'Octave; il se mit
à rire, et oubliant la prudence, il demanda, mais en
français, à son nouveau camarade :

— Que pensez-vous de ma cuisine?

— Votre cuisine? répondit le fantassin; excellente,
camarade, excellente. Si vous ne parliez pas un français aussi pur, aussi débarrassé de tout accent provin-
cial, je dirais que vous avez passé votre jeunesse...

Puis se reprenant, il ajouta en souriant :

— Je veux dire que vous auriez passé les premières
années de votre jeunesse auprès d'un tourne-broche,
au bruit des casseroles... Mais non, ce ne serait pas
juste; vous avez passé votre enfance dans une bonne
pension de Paris, et y avez appris autre chose qu'à
tourner la broche. Là, là, ne nous effarouchons point ;
malgré ce teint un tant soit peu hâlé, ces habits de
venatoris assidui, vous avez dans les veines plus de
sang gaulois que de sang italien... Soyons franc, camarade, je suis bon diable, et ne voudrais pas vous ôter
un cheveu de la tête; je ne parle pas des poils de votre

moustache; celle-ci est encore dans les contingents futurs. Soyons franc comme un franc Gaulois, ou, si vous aimez mieux, comme un Franck; nous sommes venu dans ces montagnes pour échapper aux réquisitions de madame notre mère, la République française.

Il regarda Octave.

— Est-ce cela?... Voyons, un petit bout de confession.

Octave essayait de sourire, mais ses lèvres se refusaient à seconder son intention. Il garda le silence.

Le fantassin fit encore tourner le lièvre avec une attention scrupuleuse : puis, se retournant vers Octave, il le parcourut de la tête aux pieds d'un regard malicieux et scrutateur en même temps.

— Ah! j'y suis, j'y suis... le péché est encore plus grand; car enfin, un jeune homme ami de la chasse, qui préfère répandre le sang des animaux à celui des hommes trouve toujours un bon camarade qui l'excuse en tête-à-tête. Il serait vraiment désagréable, inhumain même, de ne pas laisser un si beau garçon atteindre toute sa croissance, et de terminer sa course sur la terre par le ministère d'une toute petite balle de plomb logée dans sa tête; oui, oui, ce serait inhumain... Mais, l'ami, si je ne me trompe, vous avez un plus lourd péché sur la conscience : vous êtes émigré, et, au nom de la République française, une et indivible, je vous arrête. Déposez votre fusil, rendez-moi ce couteau de chasse et restez tranquille, ou sinon...

Son fusil, armé de la baïonnette, se trouva à six doigts de la poitrine d'Octave, qui se tenait le coude appuyé sur le canon du sien. Il ne fit pas un mouvement; il eut la force de surmonter son émotion, et regardant avec calme le fantassin, il lui dit :

— Vous allez vite en besogne, camarade : il m'a semblé, il n'y a qu'un instant, que vous étiez plus occupé de ce lièvre que de moi. Ne voyez-vous pas qu'il va trop roussir?

— Déserteur ou émigré, émigré ou déserteur, dit le fantassin en déposant son fusil, tu es un joyeux compagnon, et tu as raison : songeons à souper d'abord, puis nous nous occuperons du reste. Touche là et mangeons comme deux bons camarades ; mon estomac t'absout de tous les péchés passés et futurs... As-tu du vin dans cette gourde ?

Sans attendre sa réponse, le joyeux fantassin débrochait le lièvre, le partageait avec son sabre, puis, s'asseyant sur une pointe de rocher, il dit à Octave :

— Camarade, où sont les assiettes, les fourchettes?... Ah ! hum ! exclama-t-il en lui voyant tirer de son havre-sac un gros morceau de pain, nous allons renouveler le miracle de l'Enéide : comme les compagnons d'Enée, nous mangerons nos assiettes.

Heureux privilége de la jeunesse, bonne et douce insouciance, tu vins t'asseoir entre ces deux jeunes hommes ; tu déridas un des deux fronts et tu établis une cordialité si souvent absente des festins des hommes !

— Qu'en pensez-vous? ou plutôt, comment le trouvez-vous, ce rôti? demanda Octave au fantassin.

— Je pense, répondit celui-ci, que tu commets deux fautes : la première, c'est que tu me montres trop de civilité durant notre festin champêtre en me disant *vous*... quand on mange à la même gamelle, on se tutoie, et d'ailleurs nous sommes sur cette terre de l'Italie, où le dernier citoyen romain tutoyait César, Pompée et Néron, le joueur de luth et de flûte... Voilà ta première faute. La seconde, et celle-ci est presque impardonnable, c'est que tu me demandes comment je trouve ton lièvre, quand un de ses quartiers a déjà pris un billet de logement dans mon estomac. Mais pa-sons à un autre chapitre, comme disait mon professeur de troisième. Ta gourde est-elle à sec ?

Octave la lui présenta.

— En bonne conscience, dit le fantassin en la lui rendant, il faudrait être plus farouche qu'un Huron pour ne pas se sentir porté à la bienveillance quand cette généreuse liqueur a dilaté toutes les fibres du cœur. Tiens, mon camarade, j'aime maintenant tout le genre humain, en gros et en détail. Ecoute-moi bien ; tu es émigré, et tu ne peux pas être seul, à ton âge, dans ces sauvages montagnes. Tire-toi de notre chemin, et fais comme les hirondelles, qui s'envolent à l'arrivée des frimas : si tu tombes entre de plus mauvaises mains que les miennes, garde-toi bien de te vanter d'avoir mangé du lièvre rôti avec un fantassin quelconque, car ce fantassin quelconque payerait de sa tête les frais du festin. Si mes camarades arrivent avant que tu aies pu te blottir quelque part, ne parle pas français, cache le bout des manches de ta chemise, et file à droite ou à gauche, en avant ou en arrière ; mais garde-toi des habits bleus... Habits bleus ! ajouta-t-il en riant ; va-t-en voir s'ils ont aujourd'hui une couleur quelconque... As-tu une retraite ici ou près d'ici ; en un mot, un lieu où l'on peut faire tranquillement la digestion de la moitié d'un lièvre ?

— Et vos camarades ? demanda Octave.

— Ah ! te voilà encore pris en faute. Pas de récidive, je te prie... dis : Et les camarades, ou je me fâche pour tout de bon.

— Eh bien ! les camarades, répéta Octave en riant, vont-ils venir ici ?

— Oui, s'ils n'ont pas trouvé de gîte et s'ils ont aperçu la flamme du brasier. C'est cette flamme propice qui, comme un phare, m'a dirigé à travers les archipels des montagnes, des vallées, des arbres, et

cætera.... Mais écoute... Ah! nos avant-postes cra-
chent au visage des ennemis. Nous pouvons dormir en
paix; les camarades, au bruit de cette cloche, vont se
rendre à la caserne.

Il parut plus grave, et ajouta mélancoliquement :

— Demain, j'aurai peut-être quelques amis de moins.

A peine avait-il achevé de prononcer ces mots que
le chien, qui rongeait les reliefs du festin, s'arrêta
tout-à-coup, dressa les oreilles, puis s'élança comme
un trait dans la vallée. Les deux camarades de circonstance se regardèrent en silence un instant.

— Camarade, dit le fantassin, tu connais les instincts
de ton chien; que penses-tu de la compagnie qui a tout
l'air de nous arriver?

— Je n'en saurais rien dire, répondit Octave; mon
chien n'a pas aboyé.

— Dans ce cas-là, ami, regardons si les amorces de
nos fusils sont en bon état; écartons-nous de la lueur
du brasier, et ayons l'œil et l'oreille aux aguets. Ce ne
sont pas les honnêtes gens qui rôdent la nuit.

Le son d'une trompe de pâtre sortit du fond des gorges, mais si faible, si confondu avec les murmures de
la nuit, qu'il fallait des oreilles aussi exercées que celles des deux écouteurs pour le distinguer.

Si le fantassin eût pu lire sur le visage d'Octave, il
l'eût remarqué inquiet; mais aussitôt il reprit son calme, et dit au fantassin :

— Je connais les sons de cette trompe, nous n'avons
rien à craindre; c'est le chevrier de mon domicile. Je
présume qu'il est à ma recherche : mon chien l'a reconnu avant moi.

C'était effectivement l'honnête Petrullo. A la vue
d'un soldat français, il fit un pas en arrière et parut
interdit.

— Avance, Petrullo, lui dit Octave.

Le pâtre mit rapidement la main sur sa bouche, mais ce signal n'échappa point au fantassin.

— Ah! dit-il d'un ton moitié sérieux, moitié comique, on a des secrets à communiquer au camarade.

Puis, se tournant vers Petrullo, il lui dit en bon italien :

— Ne te gêne pas ainsi, quoi donc ! nous qui combattons pour la liberté, c'est du moins ce qu'on nous chante depuis longtemps, nous ne devons pas entraver celle des autres, surtout, dit-il, quand on est, de nuit, au milieu de ces chiennes de montagnes, en pays ennemi, en face de deux gaillards armés et d'un chien qui a de belles dents, mais un peu trop longues pour augmenter la confiance que l'on doit avoir en soi.

Ce disant, il examinait de nouveau l'amorce de son fusil et en assujétissait la baïonnette. Il s'assit tranquillement devant le brasier, de manière à suivre des yeux les mouvements des deux hommes qu'il avait en présence. Petrullo parlait bas à Octave; celui-ci fit un mouvement qui annonçait le désespoir. Le brave petit fantassin en fut ému; il se leva promptement, courut à Octave et lui dit :

— Mauvaises nouvelles, camarade ? Ne crains pas de me parler sérieusement : qu'est-ce que cet homme vient de t'apprendre?

Il y avait dans le son de sa voix un accent d'intérêt tel qu'Octave ne craignit pas de lui répondre franchement :

— Vous l'avez deviné, ami; mon père est émigré, et l'asile qu'il avait trouvé dans ces montagnes est occupé par un nouveau détachement français. Mon malheureux père est en fuite; il est à cent pas d'ici, avec ma jeune sœur, sans asile pour la nuit, pour demain; où veut-il se retirer, il est déjà âgé et malade?

— Mon ami, dit le fantassin à Petrullo, va chercher

le père et la sœur du camarade. Il fait froid; nous rallumerons ce brasier. Dis-leur qu'un fantassin français veillera l'arme au bras, autour de la retraite qu'ils pourront trouver.

Voyant que Petrullo restait immobile, il le poussa de la main et lui disant :

— Mais va donc, grand niais. Ah ! dit-il en riant, le fils comprend mieux que moi la nature. Il était juste qu'il allât chercher son père et sa sœur.

Puis, jetant les yeux sur son pauvre uniforme, il ajouta :

— Je suis vraiment présentable ; mais, bast ! c'est à moi qu'ils seront présentés.

Il mit son couvre-chef sur l'oreille, se dressa de toute la hauteur de sa taille et se promena gravement devant le feu presque éteint.

— Rien au monde n'est favorable aux aventures comme la nuit dans les montagnes ; il est fâcheux que la lune ne nous éclaire pas.

Et il continuait sa marche au pas grave du soldat en faction. Les pas des arrivants l'avertirent qu'ils étaient proches ; il fit demi-tour à gauche, présenta les armes, grossissant sa voix, il cria : — Avancez au poste.

Octave avait eu le temps de faire connaître à son père le nouveau camarade qu'il devait au hasard. Celui-ci s'avança, soutenu sur le bras de sa fille, et, à son grand étonnement, fut accueilli avec une politesse exquise, et en termes pleins d'une courtoise bienveillance. Mais la nature reprit bientôt le dessus ; le fantassin, prenant un ton tragique, dit à M. d'Avricourt et à sa famille :

— O comites, jam jam, pejora passi ; nil desperandum, Teucro duce et auspice Teucro. Vous voyez, Monsieur, que nous n'avons pas entièrement oublié notre Horace. Si j'ai mis jam jam, au lieu de mecum c'est que si nous

avons déjà souffert, ce n'est pas ensemble. Eh! qui, de
ce maudit temps, ne compte pas les souffrances par le
nombre des jours! Tenez, Monsieur, votre jeune fille
me rappelle que j'ai laissé en France une jeune sœur
de son âge, aujourd'hui la seule consolation de ma
bonne et excellente mère, déjà veuve.

Il prononça ces derniers mots d'une voix émue.

— Pourquoi les avez-vous quittées? lui demanda
M. d'Avricourt avec intérêt.

— Pourquoi? répondit-il d'un ton de mécontentement; demandez-moi plutôt pourquoi on a fait une révolution en France; pourquoi nous aurions été sus-
pects si je n'avais pas pris le mousquet et échangé mes
modestes habits d'étudiant contre ces glorieux hail-
lons.

Il étalait en même temps les débris de son uniforme,
et par un étrange contraste, il partit d'un éclat de rire
qui devint presque contagieux.

— Eh bien! Monsieur, comprenez-vous maintenant
pourquoi j'ai quitté ma mère et ma sœur? Oserait-on
inquiéter deux pauvres femmes qui ont un fils, un frère
dans les rangs des défenseurs de la patrie : mais j'ai assez bavardé, la nuit devient par trop fraîche pour un
malade et pour une jeune fille. Songeons à trouver un
asile pour cette nuit ; demain nous aviserons, car, je
ne puis vous le cacher, il ne faut pas que vous tombiez
entre les mains de mes camarades, et il n'eût pas été
bon que vous fussiez tombés entre les miennes si je
n'eusse pas été seul. Mais je vois ce grand gaillard,
pasteur des chèvres, comme l'eût dit le bon Homère;
il doit connaître ces montagnes et peut dire comme un
des personnages du doucereux Racine : « Nourri dans
ce palais, j'en connais les détours. » Il est vrai que ces
gracieuses montagnes ont plus de détours qu'un palais,
et qu'on n'y est pas aussi convenablement abrité; mais,

par ma naissante moustache, il peut bien nous dénicher un champêtre réduit où nous serons à couvert du
brouillard et de ce petit zéphir qui me rappelle à chaque instant que mon uniforme a laissé plus d'un lambeau aux ronces du chemin.

— Mon père, dit Octave, nous pouvons avoir confiance en mon nouveau camarade; Petrullo vous conduisait dans notre premier asile; il me dit qu'il se
trouve au revers de la montagne; retirons-nous-y pour
cette nuit.

Une espèce d'inquiétude se manifesta sur le visage
de l'émigré; le fantassin s'en aperçut et lui dit :

— Hem! Monsieur, vous défieriez-vous d'un soldat
français?

— Non, Monsieur, répondit sur-le-champ l'émigré.
Petrullo, mettons-nous en route.

Une demi-heure après, ils étaient installés dans la
retraite, que le fantassin trouva plus que passable. Durant leur séjour, les exilés avaient pu la rendre plus
commode et plus salubre.

— Voilà mon poste pour la nuit, dit le fantassin, en
s'asseyant sur un tas d'herbes sèches derrière la porte
de la cahutte; reprenez vos appartements, ajouta-t-il en
souriant; je commence la faction de nuit; ce gaillard
va dormir un somme et je le réveillerai quand il aura sa
garde à monter. J'ai soupé comme un général, je veux
faire ma digestion en contemplant les étoiles à travers
cette petite ouverture de la porte.

La nuit se passa sans alerte, mais pas sans inquiétude de la part de M. d'Avricourt. Le sort de ses enfants l'occupait plus que le sien propre, et il ne voyait
que des nuages à l'horizon; puis, il faut le dire, la légèreté de caractère de sa nouvelle connaissance lui
inspirait des craintes. Le jour les dissipa. Le fantassin
demanda s'il pouvait être introduit, ce qu'il se hâta de

faire, et M. d'Avricourt fut encore surpris du changement qui s'était opéré en lui.

— Nous allons nous séparer, Monsieur, lui dit le fantassin, pour courir chacun de nous de vrais dangers.
Les Autrichiens sont à deux journées de nous : leurs
avant-postes sont beaucoup plus rapprochés ; puisque
votre qualité d'émigré ne vous offre de sécurité que
dans leurs rangs, vous vous devez à vos enfants, tâ-
chez de les rejoindre le plus tôt possible. Croyez-moi
bien, je le désire de tout mon cœur ; mais éloignez votre famille de la bagarre de la lutte, et si vous me le
permettez, ajouta-t-il d'un ton plein de dignité, je vous
donnerai un conseil.

Il hésita un instant. — Bast ! dit-il, ce que je crois
bon doit être bon, car c'est la conscience qui le dicte.
Monsieur, ne combattez point contre vos compatriotes. Je n'ai jamais pu tirer sur un émigré...

En finissant, il se tourna vers Octave, lui tendit cordialement la main et lui dit :

— Adieu, mon jeune camarade d'une nuit, souviens-
toi du petit fantassin d'Aguillard, et tâchons de ne pas
nous rencontrer en pays ennemi.

Il se tourna ensuite vers M. d'Avricourt.

— Adieu, Monsieur... Si je vous envoie un message,
suivez scrupuleusement les instructions qu'il vous
donnera ; personne ne désire plus que moi de vous savoir en lieu de sûreté.

Il s'inclina avec une grâce respectueuse devant Marie,
puis remettant son couvre-chef sur la tête, il partit au
pas militaire, précédé de Petrullo, qui devait le conduire au manoir, où se trouvait un fort détachement de
la demi-brigade à laquelle il appartenait.

— Mon père, dit Octave, voilà un excellent cœur,
et une tête moins légère que son langage semble l'annoncer.

— Dieu veuille, Octave, que nous n'ayons point à nous repentir de celte rencontre.

— O mon père, dit Marie, qui jusque-là avait gardé le silence, vous poussez la défiance trop loin; je ne sais pourquoi je partage l'opinion d'Octave au sujet de ce soldat.

— Dieu veuille, dirai-je encore, qu'elle soit fondée, répondit son père.

VIII. — Nouveau changement d'asile. — Rencontre d'un ami. — Le vicomte d'Angel. — Départ des fils pour rejoindre les princes.

Huit jours se sont écoulés depuis les événements que nous venons de rapporter dans le chapitre précédent. La famille de l'émigré n'a pas quitté son asile; les bruits contradictoires qui circulaient dans le pays, et que Petrullo leur rapportait à sa manière, avaient décidé M. d'Avricourt à rester dans son refuge en attendant le retour de Giacomo, qui lui donnerait sans doute des nouvelles plus positives. Il prendrait alors un parti et tenterait de se rapprocher de l'armée autrichienne, pour de là se rendre avec ses enfants dans les contrées où n'auraient pas pénétré les armées françaises.

Octave faisait chaque jour des excursions dans les montagnes et revenait toujours la gibecière bien garnie; ce supplément de provisions, joint à celles que Petrullo trouvait toujours le moyen de leur apporter, éloignait la disette de leur asile, mais coûtait au cœur du père et de la sœur des inquiétudes de chaque jour. En effet, le jeune et audacieux chasseur pouvait rencontrer quelque bête féroce ou quelques maraudeurs français, ce qui eût été pour lui tout aussi dangereux; mais la Providence semblait veiller sur lui et éloigner toute mauvaise rer

L'absence de Giacomo se prolongeait, et M. d'Avricourt en tirait de mauvais augures; d'un autre côté, quoiqu'il n'eût pas été inquiété dans son asile, il avait toujours la crainte d'être découvert par quelques maraudeurs français, espèce de gens qui trouvent toujours moyen de se répandre sur les flancs des corps d'armée en campagne, et de commettre vols et pillages partout où ils passent. Sa fille était pour lui l'objet des plus poignantes inquiétudes; il craignait de voir sa santé dépérir dans un pareil isolement, à un âge où l'on a tant besoin de distractions et d'occupations. Il avait emporté quelques livres pieux; ce fut cette lecture qui le consola, qui lui permit de cultiver l'esprit de la jeune Marie et de la fortifier dans les pratiques pieuses. Quand elle avait fait à son père une lecture, celui-ci développait les principes religieux et lui faisait comprendre que, si dans toutes les circonstances de la vie, la religion est d'un bon secours et d'une grande consolation, c'est surtout dans les circonstances telles que celles où ils se trouvaient. Leurs journées se passaient ainsi, mais leurs inquiétudes au sujet d'Octave ne cessaient que lorsqu'ils le voyaient de retour. Alors s'établissait une causerie pleine de douceurs; le jeune chasseur, après avoir raconté les courses faites dans les montagnes, les circonstances qui les avaient marquées, écoutait à son tour le récit de l'emploi de la journée de son père et de sa sœur; puis, Marie préparait le repas du soir, et après avoir exploré les alentours de leur asile, les trois émigrés faisaient la prière du soir et allaient se livrer au sommeil.

Un jour, Petrullo, qui conduisait souvent ses chèvres dans cette partie des montagnes, et qui surveillait tout ce qui pouvait arriver d'imprévu ou menacer la sûreté d'une famille à laquelle il s'était attaché, Petrullo accourut les prévenir du retour de Giacomo. Il leur annonça en même temps que ce fidèle serviteur paraissait fort triste et prenait des précautions qui semblaient annoncer un nouveau voyage de sa part.

Comme on peut bien le penser, il fut attendu avec une impatience anxieuse par toute la famille. Octave ne sortit pas ce jour-là. Giacomo pouvait arriver durant son absence, et il serait peut-être utile qu'il fût présent, s'il y avait un parti à prendre sur-le-champ. Les nouvelles apportées par Giacomo furent désolantes : le comte leur faisait savoir que, vu la marche des événements, leur séjour au manoir, même dans la contrée, ne pouvait se prolonger sans qu'ils tombassent, un peu plus tôt, un peu plus tard, entre les mains des Français. Giacomo était chargé de remettre à M. d'Avricourt le peu de fonds qu'il avait mis sur la banque de Naples. Il apportait en outre des lettres de crédit sur Venise et sur Vienne. Dans le cas où M. d'Avricourt prendrait le parti de se retirer à Venise, Giacomo devait leur servir de guide jusqu'en cette ville, et ne revenir que lorsqu'il les y aurait vus en sûreté.

Il fallait partir, traverser des montagnes coupées de gorges profondes et s'avancer dans un pays parsemé de dangers de toutes sortes pour les malheureux fugitifs. M. d'Avricourt était rétabli, mais il n'était pas en état de faire de longues courses à pied. Giacomo avait pourvu à tout ; deux mulets devaient servir de montures au père et à la fille, et porter en outre leur léger bagage ; Giacomo et Octave feraient le voyage à pied. Les choses ainsi réglées, ils se mirent en route et virent avec plaisir un nouveau guide se joindre à leur petite troupe. C'était le bon et dévoué Petrullo et ses deux grands chiens de montagne. Il devait les quitter dès qu'ils auraient atteint le pays de plaine.

Aucun accident ne leur survint dans la route ; les montagnes furent péniblement, mais heureusement

franchies, et de leur dernière crête ils découvrirent
un corps de l'armée autrichienne : arrêtés aux avant-
postes, ils furent conduits au commandant, qui, après
explicat.. s, et leur qualité d'émigrés reconnue, leur
donna u.. laissez-passer pour se rendre à Venise.

Des émigrés s'y étaient réfugiés de toutes les parties
de l'Italie, et se préparaient déjà à se rendre à Vienne,
car le bruit s'était répandu que la République française
avait intimé à la ville de Venise l'ordre de ne plus donner asile aux émigrés français.

Les finances dont pouvait disposer M. d'Avricourt lui
rendaient impossible un nouveau changement de lieu;
il se vit donc obligé d'user des lettres de créance qu'il
avait reçues de la générosité du comte napolitain; ce
fut avec la douleur la plus vive : il ne pouvait prévoir
quand il serait en état de rembourser cette avance de
fonds.

Tourmenté par ces inquiétudes, incertain du sort qui
attendait ses enfants, car il ne songeait au sien qu'à
cause d'eux, M. d'Avricourt passait une vie fort triste
à Venise, en attendant le jour où il serait obligé de
quitter cette ville pour aller chercher ailleurs un
asile moins précaire. La société des autres émigrés lui
causait bien quelques distractions et lui aurait apporté
quelques consolations, si un cœur chrétien en trouvait en voyant des hommes plus malheureux que lui-
même. Il s'était lié d'amitié avec un gentilhomme émigré comme lui, et comme lui ayant deux enfants compagnons de son émigration; sa femme avait péri à
Nantes, dans les noyades de l'abominable Carrier. Il
ne pouvait se consoler de cette fin prématurée et en
gardait une tristesse qui le dégoûtait de toutes les choses de la vie. Ses deux fils, tout jeunes encore, se pro-
posaient d'aller rejoindre les princes français et de servir sous leurs ordres. La fréquentation de ces jeunes

gens inspira à Octave le même désir; son père le combattit d'abord; l'éloignement de son fils, quand il se trouvait sur la terre étrangère, allait le laisser, lui et sa pauvre Marie, sans appui, sans consolation. Mais les nouvelles apportées de l'Allemagne semblaient annoncer des jours plus propices pour l'émigration; il céda donc aux instances d'Octave, et réunissant son sort à celui du vicomte d'Angel, il accorda son consentement au départ d'Octave.

Cette séparation des pères de ces trois jeunes hommes remplis d'ardeur pour la cause qu'ils allaient soutenir, n'eut pas lieu sans larmes, sans de cruels serrements de cœur, mais elle se fit avec dignité. Les deux pères, déjà presque vieillards par le malheur, donnèrent une dernière bénédiction à leurs enfants, leur recommandèrent une fidélité sans bornes à la cause pour laquelle ils allaient combattre; puis, après leur départ, ils allèrent aux pieds des autels chercher la consolation et la force d'âme qui s'affaiblit souvent avec l'âge et sous les coups réitérés du malheur.

Ne pouvant plus habiter Venise, ils prirent le parti de se retirer dans quelque partie de la Suisse où ils pourraient vivre dans l'obscurité, en attendant de meilleurs jours, si la Providence en réservait encore à leur patrie et à ses malheureux enfants, dispersés dans toutes les parties de l'Europe. M. d'Avricourt, grâce aux avances généreuses du comte Rizzo, se trouvait pour quelque temps à l'abri du besoin; le vicomte d'Angel se trouvait dans une position à peu près semblable, mais il était seul, et par conséquent avait moins de dépenses à faire.

La rencontre qu'ils eurent le bonheur de faire, d'un émigré qui se rendait à l'armée des princes français, décida le lieu de leur retraite. Ce seigneur, dont nous devons aujourd'hui taire le nom, avait habité les environs de Coire, dans le canton des Grisons, et y avait acheté un coin de terre, avec une jolie maisonnette. Appelé auprès des princes, son départ avait dû être si précipité qu'il n'avait pu vendre sa petite acquisition; il en offrit généreusement la possession aux deux amis, qui acceptèrent avec reconnaissance et se hâtèrent de s'y rendre.

Cette habitation était meublée, et les meubles laissés à leur usage. Ils n'eurent donc qu'à remercier la Providence, qui leur ménageait cet asile, où ils pouvaient espérer une vie tranquille et retirée. Un autre avantage existait encore pour eux : en considérant les événements qui se passaient alors dans la Péninsule italique, en supposant que l'invasion française s'étendît jusque dans la contrée des Grisons, ils pouvaient se retirer dans les montagnes du Tyrol.

L'habitation était suffisante pour nos trois émigrés, mais commode, et mieux meublée que celles du pays; elle était composée de six appartements, avait une petite cour, des servitudes en rapport avec son importance, et ce qui les charma surtout, un jardin d'une assez grande étendue et bien planté en arbres fruitiers. Deux pièces de terre en dépendaient, ainsi qu'une vigne dans une bonne exposition. Peu de temps leur suffit pour s'y établir convenablement, et s'ils eussent eu leurs fils auprès d'eux, ils auraient trouvé leur sort on ne peut plus heureux.

Cette habitation était éloignée des grandes voies de communication dans le voisinage; elle se trouvait aux premières élévations des montagnes. Ils cherchaient la tranquillité, l'obscurité, ils les avaient trouvées, et commençaient à s'habituer à cette vie calme que l'on ne trouve qu'aux champs, et surtout dans les retraites des pays montagneux, quand un grand malheur vint les jeter dans le désespoir. Un jour, M. d'Angel reçut

une lettre cachetée en noir. Elle lui apprenait la fin
imprévue de son fils cadet, tué dans une reconnaissance contre les avant-postes de l'armée française.

La douleur du vicomte d'Angel fut si profonde,
qu'on désespéra quelque temps de sa raison. Ces mots
revenaient sans cesse à sa bouche :

« La mère a péri dans la Loire ; le fils sur le champ
» de bataille, sous les balles révolutionnaires ; le mê-
» me sort attend son frère. Me voilà seul sur la terre ! »

M. d'Avricourt ne chercha point, les premiers jours,
à consoler cette grande douleur ; il laissa le temps, ce
consolateur mystérieux, adoucir la plaie qui saignait
au cœur du père, et ne lui parla que des espérances
éternelles, que de la vie où nous retrouverons ceux qui
nous furent chers sur la terre, et que Dieu a rappelés
à lui, dans les vues de sa Providence éternelle.

Peu à peu ce langage fit impression sur M. d'Angel ;
il trouva d'abord un amer plaisir à parler des malheurs qui avaient frappé sa famille ; puis, s'attachant
à l'espoir d'une autre vie, il se figurait le bonheur qu'il
éprouverait en retrouvant une épouse chérie et des enfants qu'il avait tant aimés, car il en était venu à regarder le sacrifice de l'unique enfant qui lui restait
comme à peu près certain, et il n'en parlait plus qu'en
disant :

— Ils sont morts pour la religion et la patrie.

Les habitants de cette maison isolée avaient repris
leurs premières habitudes, leurs occupations de chaque jour, et le bonheur paisible semblait être rentré
sous leur toit ; mais l'exilé ne peut guère en jouir sur
la terre étrangère, et chaque jour paisible est un jour
arraché à la souffrance.

Un jour, M. d'Avricourt s'était rendu à Coire pour y
faire l'achat de quelques objets indispensables ; il se
rendit au bureau de poste et y trouva une lettre d'Oc-

tave. Grande fut sa joie; le long silence de son fils
commençait à lui inspirer de vives inquiétudes. Mais
quel ne fut pas son bonheur quand, après avoir parcouru cette lettre, il apprit que son fils et celui de
M. d'Angel, après s'être distingués dans différentes
rencontres, avaient été promus tous les deux au grade
de lieutenant, et devaient se rendre dans la Lombardie. Octave, après de longs détails sur les événements
qui occupaient alors l'Europe entière, écrivait à son
père qu'ils avaient obtenu un congé qui leur permettait d'aller les embrasser et de passer quelques jours
avec eux. Cette lettre répandit la joie dans la demeure
des émigrés, et l'espoir les occupa dès cet instant. Plusieurs jours s'écoulèrent dans cette attente; elle devint
de l'impatience : les deux émigrés s'imaginèrent, comme cela arrive toujours pour les gens qui attendent,
qu'en se rendant à la ville, ils hâteraient les nouvelles
qu'ils attendaient, ou plutôt qu'ils y trouveraient leurs
fils. Ils partirent donc un matin, cheminèrent lentement, en s'entretenant de leurs espérances. Il était environ dix heures quand ils arrivèrent à Coire ; ils furent étonnés de trouver les rues plus vivantes que de
coutume. La population y circulait d'un air affairé;
beaucoup de visages exprimaient des inquiétudes. Sur
la place publique, un grand rassemblement d'hommes
et de femmes montrait un mouvement, une agitation
extraordinaires.

— Nous connaîtrons la cause de cette animation
quand nous serons au bureau de la poste, dit M. d'A-
vricourt au vicomte d'Angel.

Ils hâtèrent le pas et y arrivèrent bientôt; mais il
leur fut impossible d'en approcher; la rue était encom-
brée de peuple et de gens de toute qualité qui s'entre-
tenaient avec la plus vive animation. Enfin, ils purent
irer quelques renseignements d'un vieillard qui sortait

de la foule. Ces renseignements les jetèrent dans une véritable angoisse.

— Des bruits contradictoires circulent, leur dit-il; plusieurs lettres venues de la Vénétie annoncent que les Autrichiens s'avancent à marches forcées ; qu'un corps considérable de Russes a pénétré dans l'Italie, et que les républicains se retirent devant ces forces combinées. Leur date a dix jours, ajouta-t-il ; mais d'autres lettres d'une date plus récente disent que les Français, victorieux sur tous les points, sont encore maîtres d'une partie de l'Italie, et qu'un corps nombreux est parti pour opérer dans nos contrées.

Désolés de ces nouvelles contradictoires, les deux amis parvinrent enfin à pénétrer jusqu'au bureau de la poste. Une lettre les y attendait : elle était d'Octave. Il apprenait à son père qu'après des succès qui semblaient leur promettre la fin prochaine de la campagne, ils avaient été écrasés à l'improviste, dispersés et mis en déroute.

« Nous sommes, mon ami et moi, sains et saufs, Dieu merci ; mais notre condition n'en est guère meilleure. Ralliés à un parti d'Autrichiens, nous avons gagné les montagnes sans direction positive, ne sachant de quel côté nous trouverons des forces autrichiennes en état de tenir la campagne. Dieu nous préserve de plus grands malheurs!

Cette lettre avait six jours de date.

Ils s'étaient rendus à la ville le cœur plein d'espérance, et s'entretenant du bonheur d'embrasser bientôt leurs fils, les pauvres pères!... ils s'en retournèrent le cœur brisé et n'osant se communiquer l'amertume de leurs réflexions. Aux approches de l'habitation, M. d'A vricourt dit à son ami :

— Je tremble en songeant à la douleur que je vais causer à ma pauvre Marie; elle que j'ai laissée joyeuse de l'espérance de revoir bientôt son frère, et qui s'attend peut-être que nous allons lui nommer le jour de l'arrivée de nos fils.

Il ralentissait le pas, et donnait des marques de la plus vive douleur. A la vue de l'habitation il tressaillit; les fenêtres d'une chambre qui n'était point occupée se trouvaient ouvertes.

— Mon Dieu! s'écria-t-il, serait-il arrivé quelque malheur en notre absence?

Le seul domestique qu'ils avaient à leur service vint au-devant d'eux d'un air tout mystérieux, et leur dit :

— Mademoiselle m'a chargé de venir vous prévenir qu'elle a reçu de la société; elle veut que vous en soyez prévenus afin que cela ne vous fasse pas d'impression.

— Mon fils! s'écria M. d'Avricourt; le cœur me le dit.

Et il s'élança vers la maison avec la rapidité de la jeunesse.

IX. — Arrivée imprévue. — Récit du comte Rizzo et d'Octave.

Le cœur ne l'avait point trompé; son fils vint se jeter dans ses bras; son ami, M. d'Angel, arriva tandis qu'ils se tenaient étroitement embrassés, et fut reçu par son fils avec le même empressement et les mêmes témoignages de tendresse. Un autre personnage se tenait debout à côté de Marie; dès que M. d'Avricourt eut jeté les yeux sur lui, il poussa une exclamation de joie et de surprise.

— Que Dieu soit cent fois béni! dit-il en serrant avec effusion les mains de ce troisième personnage; qu'il soit béni pour avoir réuni aujourd'hui autour de moi les seules personnes qui manquaient à mon bonheur!

— Ne vous réjouissez point tant, mon digne ami, dit
le comte Rizzo; une calamité commune nous réunit
aujourd'hui sous votre toit, et il faudra bientôt le quitter pour reprendre une vie errante.

Ces paroles calmèrent les transports de joie des deux
émigrés; mais ce qui confirma les paroles du comte,
ce fut l'état de délabrement des deux jeunes gens, et la
fatigue empreinte sur leur visage.

— Le repas nous attend, dit le comte, grâce à la prévoyance de votre bonne petite Marie. Mettons-nous à
table, quoiqu'aujourd'hui nous ne soyons pas à jeun à
cette heure. En mangeant, nous aurons le temps de
vous faire part de notre position présente.

Les voilà assis autour de la table; mais au lieu d'une
franche joie, c'était la crainte qui dominait les deux
pauvres pères.

— Vous paraissez inquiets, leur dit le comte; il faut
que je vous débarrasse d'une incertitude souvent pire
que la réalité.

Il commença le récit suivant :

« La cour de Naples m'avait chargé d'une mission
secrète auprès du général qui commandait les troupes
autrichiennes en Lombardie; je partis comme un simple particulier, n'ayant à ma suite que le seul Giacomo,
que vous connaissez depuis longtemps. Il est inutile
de vous raconter les incidents de mon voyage, jusqu'au
jour où il deviendra plus intéressant pour vous. Après
avoir couru après le général, auquel je devais remettre
une dépêche écrite et une autre verbale, je ne pus le
joindre qu'un jour où les troupes, ayant éprouvé une
grande défaite, fuyaient en corps détachés les uns d'un
côté, les autres de l'autre.

» — Votre mission est aujourd'hui sans résultat, me
dit-il; vous êtes arrivé dans un jour malheureux; si
vous voulez me suivre, ce qui me paraît le plus sage

pour assurer votre liberté, nous nous retirons vers Venise.

» Je le remerciai de son offre, et après m'être consulté avec le fidèle Giacomo, je résolus de gagner les montagnes des Grisons, et ensuite de retourner à Naples, si l'état des choses me le permettait. Le pays que nous avions à traverser était inondé de troupes ennemies. Je brûlai mes lettres, qui pouvaient me compromettre si je tombais entre leurs mains, et changeai de costume. Nous pûmes passer au milieu de plusieurs postes français ; nous allions pénétrer dans les montagnes, quand nous fûmes arrêtés par un détachement français et conduits devant le commandant. Celui-ci se trouvait dans un village. A l'instant où nous allions entrer dans la maison qu'il occupait, une lourde main se posa sur l'épaule de Giacomo.

» — Oh ! mon confrère en saint Hubert, lui dit une voix joyeuse, que diable êtes-vous venu faire dans ces contrées? Les ours des Abruzzes vont faire un feu de joie en votre absence.

» C'était un sous-lieutenant de grenadiers qui parlait ainsi à Giacomo. Celui-ci se retourna, et avec une étonnante présence d'esprit, il lui répondit :

» — Oh ! citoyen Basile, le sort vous a favorisé, tandis qu'il me joue des tours qui me désespèrent.

» — Laissez cet homme, commanda le lieutenant Basile; c'est une vieille connaissance à moi ; je réponds de lui.

» — Merci, citoyen, dit Giacomo ; mais commandez aussi qu'on laisse mon camarade; vous pouvez répondre de lui comme de moi.

» — Ah ! çà, dit Basile, est-ce que tu crois qu'un grade de plus m'a fait oublier notre fraternité en saint Hubert, que tu n'oses plus me tutoyer... Je suis toujours pour

4

toi le sergent-major Basile... Sais-tu bien que tu m'as
fait faire la plus belle chasse que j'aie faite de ma vie?

» Voyant que les grenadiers qui nous escortaient
restaient l'arme au bras, le lieutenant leur dit :

» — Mais que faites-vous là, camarades? ne vous
ai-je pas dit que ce sont des amis?... Je me charge de
les présenter au commandant.

» Quand les grenadiers se furent éloignés, Basile,
baissant la voix, dit à Giacomo :

» — Ami, sois franc avec ton confrère en saint Hubert, bien entendu; que viens-tu faire ici? Ne serais-tu
point embrouillé dans les affaires que nous débrouil-
lons à coups de fusil et de baïonnette?

» Giacomo le regarda un instant.

» — Bien, bien, je vois ce que c'est, dit le lieutenant; tu ne veux pas me parler en plein air, de crainte
que le vent n'emporte tes paroles. Allons chez moi, car
j'ai un chez moi, camarade; mais auparavant, je veux
te présenter au commandant; c'est aussi une de tes
connaissances; vois-tu, ami, il y a souvent du vide
dans nos rangs, et les balles n'épargnent pas plus les
épaulettes dorées que les épaulettes de laine rouge...
Notre commandant est le lieutenant Delmas, qui était
en cantonnement avec moi dans ton pays de buffles et
d'ours... Hem! tu dois te le rappeler?... Oh! brave gars,
quel pays pour la chasse !

» Ils entrèrent dans la maison.

» — Bonjour, commandant ; devine qui je t'amène.

» Le commandant Delmas était courbé sur une carte
du pays. Il leva lentement la tête, et apercevant Giacomo :

» — Ah! ah! notre tueur d'ours des Abruzzes! Bonjour, Giacomo, bonjour.

» Puis, m'apercevant, dit le comte, il changea de ton
et regarda Basile.

» — C'est un camarade de Giacomo, dit celui-ci.

» Le visage du commandant reprit une expression plus ouverte. Il s'avança vers Giacomo.

» — Eh bien! mon brave chasseur, je dois aussi dire mon bon hôte, les ours ont-ils déserté les montagnes et se sont-ils retirés vers la Lombardie?... Lieutenant, donnez des sièges à nos connaissances.

» Il jeta sur moi un long regard en prononçant ces paroles.

» — Causons maintenant.

» Il s'adressait à Giacomo, et me jetait de temps en temps un regard investigateur. Basile nous tira d'embarras.

» — Non pas, commandant, non pas; je les emmène chez moi. Je veux rendre à Giacomo les bons dîners que j'ai pris dans son manoir. Ils ont fait une longue route, et si ventre affamé n'a point d'oreilles, on peut ajouter qu'il n'a pas plus de langue. Soyez des nôtres, commandant; il y a certaine pièce de gibier...

» Le commandant sourit, le remercia, et leur promit de les aller rejoindre dans une heure. Dès qu'ils furent dans le logement de Basile, il se fit apporter tout ce qu'il avait de provisions, les étala sur une table nue, et avec un entrain qui m'eût étonné si je n'avais pas connu le caractère du soldat français, il fit les honneurs d'un repas dont nous avions grand besoin. Quand il vit que notre premier appétit était satisfait, il prit un ton sérieux, et s'adressant à Giacomo, il lui dit :

» — Tu portes, mon brave camarade, ton certificat de chasseur écrit en grosses lettres sur ton rude visage; mais toi, l'ami, c'est à moi qu'il s'adressait, je parierais ma peau d'ours tu sais, Giacomo, celui que tu me fis bravement tuer, je parierais ce trophée de chasseur que tu n'es point chasseur, point agriculteur, point artisan, et que tu es...

» Il s'arrêta et fixa sur moi un œil malicieux, cependant plein de bienveillance; voyant que je tardais à répondre, il ajouta :

» — Bien, bien; le commandant va venir; toi, Giacomo, tu es toujours Giacomo, et ton camarade sera ce que vous voudrez; mais fixons le rôle avant l'arrivée de Delmas.

» Sa franchise me toucha, et je répondis :

» — Il est inutile, citoyen, que je vous cache mon nom et mon rang; je suis le comte Rizzo, le propriétaire du manoir où vous avez séjourné. Trop âgé pour prendre une part active dans les affaires actuelles, je voulais me réfugier à Venise, auprès des parents de ma femme; les chemins ne me paraissant pas sûrs, je voulais me retirer au manoir des Abruzzes, que vous connaissez.

» Basile sourit encore d'un air malicieux, et me dit :

» — Vous êtes ce que vous êtes pour moi et pour Giacomo; mais pour le commandant, vous êtes un homme de loi, cherchant la solitude pour continuer vos études du code Justinien; et Giacomo, votre parent, mais de lointaine parenté, vous emmène dans son manoir... Vous êtes l'avocat... allons, aidez-moi à trouver un nom italien..... vous êtes l'avocat Marello; c'est un nom tout-à-fait inconnu, quoique nouveau-né dans un temps où les nouveautés sont à l'ordre du jour. Buvons un coup, doctore Marello; à ta santé, confrère Giacomo, et adieu les soucis!... Voici le commandant, rappelez-vous votre rôle, doctore.

» Dès que le commandant fut entré, son regard se porta encore sur moi. Le lieutenant l'observait de son côté. Soit qu'il craignit les résultats de cet examen oculaire, soit que, selon son caractère vif, il voulût nous mettre tout d'abord à l'aise, il dit au commandant :

» — Commandant, si vous avez besoin d'un légiste,
Giacomo vous en amène un bien retors, à ce qu'il dit;
mais, pour me servir de l'expression favorite de notre
ami Giacomo le chasseur, je ne sais pas ce qu'il peut
avoir à démêler dans ses montagnes; les affaires qu'il
a de temps à autre avec messieurs les ours se traitent
à coups de fusil et de sabre ; j'en sais quelque chose,
commandant.

» Celui-ci sourit doucement, et lui répondit :

» — Mon cher lieutenant, si tu deviens jamais vieux,
et que tu prennes femme, tu raconteras chaque soir
à tes enfants et à tes petits-enfants, à tes voisins et à
leur descendance, ton grand exploit dans les montagnes des Abruzzes, et ton trophée, ta peau d'ours sera
toute pelée quand tu la montreras encore au bout
d'un manche à balai.

» Cette tournure que prenait la conversation plut au
lieutenant ; mais les regards du commandant, regards
qu'il reportait fréquemment sur moi, ne lui plaisaient
pas autant. Il était lancé et n'était pas homme à recu-
ler d'une semelle, comme il le dit ensuite. Il fit alors
au commandant la plus singulière histoire qu'une tête
française puisse inventer ; je devins un légiste, puisqu'il faut employer ce nom, que les coups de fusil et
le bruit du canon troublaient dans ses doctes études,
et qui, alors, s'était souvenu qu'un certain parent de
sa femme vivait dans les montagnes, presque dans le
désert; il lui avait alors écrit pour lui demander une
retraite paisible, et mon bon camarade Giacomo, le
tueur d'ours, fier d'avoir dans sa famille un doctore,
s'était hâté de courir à sa réclamation, oubliant, le
brave homme, que le susdit doctore n'avait eu mémoire de sa parenté que lorsque cette parenté lui devenait utile.

» — Mais vous savez, commandant, qu'on dit, dans

notre spirituelle France, que rien n'est bête comme un savant ; malgré toute sa reconnaissance des lois, il a oublié qu'on ne voyage pas librement sans sauf-conduit ; aussi est-il tombé de Charybde en Scylla. Messieurs les Autrichiens ont fait des cartouches des livres qu'il emportait dans sa solitude, et si sa bonne fortune ne lui avait pas mis sur son chemin le lieutenant Basile... dam ! signor doctore, on vous aurait probablement fait voir et mesurer plus d'une aune de chemin. Commandant, il faut leur délivrer un sauf-conduit, et bien leur recommander de l'avaler s'ils tombent encore entre les mains des Autrichiens.

» J'avais gardé le silence, ainsi que Giacomo ; j'admirais l'aplomb avec lequel le brave lieutenant débitait son histoire, dont je vous donne la substance, me sentant incapable de l'assaisonner de tout le sel, de toute la moquerie dont il lardait son récit en parlant del signor dottore, qu'il prononçait doctore. Il eut le talent de faire sourire plus d'une fois le grave commandant. Il est cependant probable que si Giacomo n'eût pas été mon compagnon, je ne me serais peut-être pas si bien tiré d'affaire. Mais il le prit à part, et si je n'avais pas connu l'intelligence et la fidélité de Giacomo, cet aparté m'eût inquiété. Cependant, je m'alarmais sans sujet : le généreux commandant demandait à Giacomo quel était l'état de nos finances, et lui ouvrait sa bourse. Giacomo crut nécessaire d'accepter un faible secours.

» — Car, ajouta-t-il, les Autrichiens préfèrent encore les scudis aux livres de jurisprudence.

» — Je le sais, dit le commandant ; nos soldats ont les mêmes goûts. Tenez-vous pour averti.

» Alors le commandant s'adressant à moi, me demanda en assez bon italien quel itinéraire je m'étais tracé ; je lui répondis que je m'en rapportais, sur ce point, aux connaissances que mon parent Giacomo avait du pays. Il sourit encore de la bonhomie que je tâchai de mettre dans ma réponse et me dit :

» — Vous avez raison de vous en rapporter à lui; il est fidèle et intelligent.

» Il allait signer le sauf-conduit que le lieutenant avait écrit pendant notre conversation. Tout-à-coup, il remit la plume dans l'encrier et me demanda où nous avions été arrêtés par les Autrichiens, et s'ils étaient en forces. Je citai la contrée, le lieu même où ils avaient éprouvé une défaite, et j'ajoutai que je les croyais en pleine déroute.

» — Mieux que cela, me dit-il avec vivacité; ils sont en fuite complète, sans point de ralliement; nos avant-postes ont fait une foule de prisonn'ers; ce matin même, nos éclaireurs ont arrêté deux jeunes émigrés qui combattaient dans leurs rangs et qui, comme des étourneaux éperdus, se dirigeaient vers les montagnes des Grisons. Demain leur passe-port sera délivré pour une autre destination, et ils n'auront pas à user leur chaussure pour s'y rendre.

» Il ajouta, mais en parlant français, et d'un ton mélancolique :

» — Telles sont les lois cruelles de la guerre. Nous sommes entourés d'une population ennemie, et tous les jours nous fusillons des espions.

» Il reprit la plume et signa le sauf-conduit. Dès qu'il se fut retiré après avoir serré la main de Giacomo, et m'avoir salué d'un air bienveillant, Basile, le fou lieutenant, se mit à rire à se tenir les côtes; puis, quand cet accès fut passé, il nous dit :

» — Achevons notre repas, et filez vite là où vous vous croirez le plus en sûreté; nous vivons en plein imprévu.

» Il fourrait en même temps les restes du repas dans le sac de Giacomo et nous versait largement à boire.

» — Que la fortune vous guide! disait-il; Basile, mon
confrère Giacomo, risque sa tête pour vous, si vous
étiez découvert pour ce que le doctore est véritable-
ment. Ecoute, Giacomo, dit-il après qu'il eut terminé
son emballage, voilà de quoi vivre durant deux jours;
je ne demande point où vous allez, mais je me permets
de vous donner un conseil : Evitez les troupes françaises autant que vous le pourrez, et surtout les troupes du centre; elles sont composées de jeunes gens
enragés pour la République et lâchant un coup de fusil
sur un homme aussi libéralement qu'un chasseur
inexpérimenté le lâche sur un lièvre. Donne-moi la
main, mon cher confrère en saint Hubert, et souviens-
toi du lieutenant Basile. Adieu, me dit-il à mon tour,
adieu, signor doctore; n'oubliez pas aussi que vous me
devez votre diplôme; c'est le premier que je donne,
ajouta-t-il en se livrant à son franc rire; grand bien
vous fasse. Mais, à propos, avez-vous des scudis suffi-
samment pour votre pèlerinage?

» Cette question me fit rappeler que Giacomo avait
accepté l'argent du commandant, et je dis au lieutenant :

» — L'argent ne nous manque point, monsieur Basile,
et nous avons de quoi nous rendre; vous, Monsieur,
vous êtes en pays ennemi, ne pouvant obtenir souvent
le nécessaire que l'argent à la main.

» — Nous, pauvres diables de troupiers, sommes
exposés tous les jours à la mort; à quoi nous sert l'argent? Ma bourse, ajouta-t-il en mettant la main sur la
poignée de son épée, la voilà, en pays ennemi. Mais
partez, croyez-moi; quelques-uns de nos prisonniers
pourraient vous reconnaître, et tout serait perdu. Je
vais vous accompagner au-delà des postes.

» Nous partîmes, chacun de nous tenant un bras

du brave lieutenant. A la dernière maison du bourg une voix s'éleva de l'intérieur et cria :

» — Est-ce vous, Giacomo?

» — Ah ! dit Basile, c'est ce que je craignais.

» — Et moi, dit Giacomo, plus pâle que la mort, c'est ce qui me tue.

— Comment, camarade, qui est-ce? dit Basile avec une émotion visible.

» — C'est la voix du jeune Octave d'Avricourt, le fils de ce malheureux émigré qui était réfugié au manoir lorsque vous vîntes y établir un cantonnement.

» — Je parie que c'est un chasseur, Giacomo?

» — Un chasseur! dit Giacomo; c'est la perle des chasseurs, un jeune homme intrépide.

» — Quel âge a-t-il, Giacomo ?

» — Vingt ans, à peu près, lieutenant.

» — Là! là! dit Basile, ce serait dommage qu'il laissât ici ses os.

» Il réfléchit un instant, puis, s'adressant à Giacomo, il lui dit :

» — Sais-tu qu'il sera probablement fusillé demain?

» Deux grosses larmes tombèrent des yeux de Giacomo.

» — Per Bacco, dit le lieutenant, je m'intéresse à lui, puisque tu l'aimes. Mais que faire?... Allons sous ce bouquet d'arbres, nous réfléchirons; mais, malheureux Giacomo, ne détourne donc pas ainsi la tête.

» Quand nous fûmes à l'abri des arbres, le lieutenant dit à Giacomo :

» — Eh bien! es-tu calme?

» — Non, répondit Giacomo; c'est comme si j'avais entendu la voix de mon fils.

» — Tu voudrais le sauver.

» — Basile, dit Giacomo en pressant ses mains, oh ! Basile, je donnerais pour lui la moitié de ma vie.

» — Allons, je vois bien qu'il faut encore faire une
étourderie. Vous voyez bien ces rochers, là-bas sur la
droite; nous n'y avons pas d'éclaireurs parce qu'il y a
un poste sur la montagne; allez droit devant vous,
puis, quand vous serez dans la vallée, gagnez sans être
découverts cette roche blanche et attendez-y la nuit.

» Il nous quitta. Nous avions encore quatre ou cinq
heures pour attendre la nuit, et elles nous parurent
s'écouler bien lentement. Qu'allait faire le lieutenant,
et réussirait-il?

» Je laisse à Octave le soin de raconter comment
s'opéra leur délivrance. »

— Mon ami et moi, dit Octave, cherchions à gagner
le pays des Grisons, où nous savions que vous aviez
fixé votre retraite, lorsque nous eûmes le malheur d'ê-
tre surpris par des éclaireurs ennemis. Nos uniformes
autrichiens nous trahirent, et notre étourderie nous
eût perdus sans l'intervention de monsieur le comte...

— Dites de Giacomo, mon ami, s'écria le comte; je
lui dois la vie, ainsi que vous.

— J'ai dit que notre étourderie nous eût perdus, car
nous adressâmes la parole en français aux soldats qui
nous emmenaient. Reconnus pour émigrés, notre sort
était infaillible : nous allions être fusillés. A la vue de
Giacomo, l'exclamation dont a parlé monsieur le comte
m'échappa, et je compris mon étourderie. Quelques
heures après, les quatre hommes qui nous gardaient
furent relevés de garde, et remplacés par d'autres dont
les figures ne nous annonçaient rien de bon. Un instant après, une espèce de goujat leur apporta du vin
et ils se mirent à boire et à jouer aux cartes, mais deux
nous surveillaient. Une épaisse fumée entra tout-à-
coup par la fenêtre et par la porte, et nous vîmes des
langues de flamme s'envoler au-dessus d'une cabane
voisine, gagner le lieu où nous étions renfermés, puis

une foule de soldats accourir. Le lieutenant Basile entra, et tandis que les soldats s'occupaient à éteindre le feu, il nous dit, en courant dans l'appartement :
— Sautez par la fenêtre et sauvez-vous vers les rochers. Sans réflexion, nous suivîmes son conseil, et nous fûmes bientôt dans la vallée. J'oubliais de dire que le lieutenant avait ajouté à son conseil celui de siffler. C'est ce que nous fîmes, et c'est ce qui nous fit rencontrer monsieur le comte et Giacomo. Vers le milieu de la nuit, nous étions à une grande distance du lieu de notre réclusion, et nous sommes arrivés heureusement auprès de vous.

X. — Retour au manoir. — Combat effrayant avec deux ours.

Quelques jours après, une petite caravane quittait le pays des Grisons et s'acheminait, sous la conduite d'un guide sûr, vers la montagne des Abruzzes. Giacomo, qui les avait précédés la veille de leur arrivée dans la maison des deux émigrés, et qui était chargé de reconnaître la situation de la contrée où ils allaient encore chercher un asile, remplit sa mission en diligence et avec sa sagacité ordinaire. Il s'était avancé dans les passages que les voyageurs devaient nécessairement franchir, mais il n'osait aller au-delà. Les voyageurs pourraient prendre une autre route, et ainsi ils ne le rencontreraient point.

Déjà il les attendait depuis plusieurs jours, et l'inquiétude commençait à s'emparer de son esprit. La route était longue, difficile, et semée de dangers. Un jour, tenté par la vue soudaine d'un ours, il lâcha la bride à sa passion de chasseur, et poursuivit l'animal bien au-delà des limites qu'il s'était proposé de ne point passer. Il atteignait le col de deux montagnes, lorsque son chien, cessant de tirer la laisse pour se lancer à la poursuite de l'ours qui gravissait la montagne à pas allongés, se jeta tout-à-coup du côté de la vallée, dressa les oreilles et donna des signes de joie.

Giacomo, qui connaissait ses allures et la signification de ses aboiements, ne s'y méprit pas; il lâcha la laisse et en peu de bonds l'animal disparut dans les lacis de plantes et d'arbres de la gorge, au fond de laquelle coulait un ruisseau. Bientôt il entendit ses aboiements joyeux et courut lui-même du côté où ils s'élevaient.

Il rencontra la petite troupe, aussi satisfaite de sa rencontre que d'être sûre de sortir des routes inconnues où les avait engagé leur guide. Après les premières expansions de joie, Giacomo fit hâter la marche, il craignait que la nuit ne les surprît dans ces régions élevées, où le froid allait devenir d'autant plus intense, qu'on approchait de la fin de l'automne et que déjà les pics les plus élevés des montagnes étaient couronnés de neige.

Malgré la diligence qu'ils firent, ce ne fut que lorsque la nuit était déjà sombre qu'ils arrivèrent au manoir, où tout était prêt depuis plusieurs jours pour les recevoir.

Le comte y apprit une nouvelle bien désolante pour lui : la cour de Naples s'était retirée en Sicile, et tout le pays était occupé par les Français. Quoi qu'il en fût, il résolut de se rendre à Naples pour connaître le sort de sa famille et veiller à ses affaires.

Restées seules au manoir, les deux familles émigrées et si poursuivies par la mauvaise fortune, eurent au moins la consolation d'apprendre de Giacomo que leur retraite serait désormais à l'abri de tout danger. Les montagnes allaient devenir impraticables pour des corps d'armée, même pour les détachements qui circulaient dans les plaines et les lieux moins élevés et moins sauvages que ceux où se trouvait placé le manoir.

Une privation les contrariait beaucoup; le soin de leur sûreté ne leur permettait pas de se rendre à l'église la plus voisine : un détachement français s'y trouvait cantonné. Des prières faites en commun soir et matin les consolèrent de cette privation autant qu'ils pouvaient l'être.

Ils s'établirent donc de leur mieux et tâchèrent de trouver des occupations pour charmer les ennuis de leur isolement et employer fructueusement leur temps.

Les deux jeunes militaires ne furent pas en peine de leurs personnes. A cette époque de l'année, la chasse leur offrait un passe-temps conforme à leurs goûts et propre à entretenir leur santé. Les loups venaient par troupes hurler la nuit autour du manoir et des maisons du hameau; l'autre gibier, chassé par le froid et la neige des terres plus élevées, s'était rabattu dans les gorges et dans les vallons; enfin, les ours se montraient fréquemment dans le voisinage.

Quoique la chasse du loup offrît souvent des dangers, nos chasseurs ne s'en occupaient guère et brûlaient du désir de s'attaquer à un ennemi plus formidable. Giacomo ne se prêtait pas à leurs désirs et leur répétait sans cesse que, pour s'attaquer à l'ours, il faut s'être familiarisé à la vue de cette bête féroce, avoir des nerfs d'acier, le coup d'œil juste et la détermination prompte.

— Mais, mon brave Giacomo, lui objectait Octave, vous me connaissez déjà, vous m'avez vu à l'œuvre; depuis, j'ai entendu plus d'une fois le sifflement des balles, les grondements du canon et le brillant des baïonnettes, bien autrement formidables que les griffes de l'ours.

— J'ai été soldat comme vous, signor Ottavio, et je mets une grande différence entre les deux luttes. Au combat d'hommes à hommes on est soutenu par la vue du nombre, par l'exemple des camarades, et enfin par la nécessité de ne pas lâcher pied; mais en face de l'ours, déjà si hideux et rendu plus hideux encore par la fureur, quand on entend ce rugissement sourd sortir d'une gueule armée de dents effrayantes, quand on est exposé aux étreintes broyantes de ce monstre, qu'on sent sur son visage le souffle puant et chaud que cette gueule entr'ouverte vous envoie, signor Ottavio, il faut avoir le courage que peu de soldats auront, s'ils ne sont pas aguerris à ces duels sans merci, et dont la mort de l'un des combattants est toujours le résultat infaillible.

La jeunesse oublie vite, mais l'âge mûr se souvient ; si Octave et son ami Jules d'Angel revinrent à la charge auprès de Giacomo pour qu'il les mît une bonne fois en face du terrible ours, les deux pères combattirent cette demande et joignirent leurs conseils à ceux de Giacomo; mais ce fut peine perdue, et nos deux jeunes hommes se concertèrent pour aller seuls attaquer un ours qui avait enlevé une tête de bétail tout près du manoir.

Ils fondirent des balles en petits lingots, nettoyèrent leurs armes avec une précaution minutieuse, tout en s'enquérant, auprès des hommes du hameau, de l'ours qu'ils avaient l'intention d'attaquer. Ces préparatifs n'échappèrent point à l'œil clairvoyant du vieux chasseur. Il se contenta, lorsqu'on parla, le soir à la veillée, de l'audacieux animal qui venait exercer ses ravages jusqu'aux portes du manoir, de faire observer qu'il devait être vieux et habitué à la poursuite des chasseurs; car, ajouta-t-il, un jeune ours ne débute point avec autant d'audace.

— A vaincre sans péril, on triomphe sans gloire, dit aussitôt Octave.

Son ami l'appuya chaleureusement.

— C'est la vérité, fit observer M. d'Angel; mais il y a péril et péril. L'homme sage ne le cherche jamais par passe-temps, et quand il se présente, quand il devient une nécessité, alors il y a réellement de la gloire à le surmonter.

Les deux jeunes hommes se turent, mais ils n'étaient pas convaincus, et n'en persistèrent pas moins dans leur projet. Ils n'en changèrent qu'une seule disposition : ils s'adjoignirent le vigoureux Petrullo, en lui recommandant le plus rigoureux secret. Petrullo n'en avait aucun pour Giacomo ; aussi, alla-t-il lui faire part de la communication des deux jeunes gens.

— Petrullo, dit Giacomo, tu viendras me prévenir du jour et de l'heure du départ des chasseurs, et tu leur donneras les deux chiens de montagne; je veux dire que tu les mèneras toi-même en laisse, car ils n'obéiraient point à ces deux jeunes étourdis.

Les choses ainsi convenues, Giacomo attendit le jour où nos chasseurs partiraient pour leur périlleuse expédition. Il ne tarda pas, et dès le lendemain matin, nos chasseurs partirent; au point du jour ils quittèrent furtivement le manoir, et guidés par un des hommes du hameau, qu'ils avaient chargé de surveiller aussi les allées et les venues de l'ours, ils s'aventurèrent dans les montagnes. Giacomo quitta le manoir peu d'instants après eux, et, bien armé, les suivit à distance. Il conduisait en laisse et muselés ses deux chiens de chasse, qui le tinrent toujours sur la voie des chasseurs.

La journée s'annonçait sous les plus belles apparences : du fond des gorges s'élevaient des vapeurs épaisses qui s'abattaient le long des pentes des montagnes, où elles formaient un épais brouillard que buvaient les arbustes, les arbres et le sol. Le naturel paresseux de l'ours ne le chasse, à cette heure, de sa tanière que lorsqu'il est pressé par la faim. C'est le moment favorable pour le surprendre, si l'on peut gagner sur lui. Il y a alors tant de senteurs répandues sur la surface de la terre, un travail invisible si actif entre les fluides qui circulent de son sein dans l'atmosphère et de l'atmosphère dans son sein, que les émanations sorties du corps des chasseurs sont à peine perceptibles pour les odorats si exercés des animaux sauvages. L'expérience avait appris cela à Giacomo le chasseur; aussi espéra-t-il que nos deux jeunes gens, guidés par Petrullo, profiteraient de toutes ces circonstances et attaqueraient la bête féroce avec tous les avantages de leur côté.

La tanière de l'ours était connue. Les alentours, cent fois parcourus par Octave, lui étaient aussi parfaitement connus, et il avait acquis une grande expérience en chassant avec Giacomo. Il y avait donc chance de succès.

Suivons maintenant nos chasseurs et Petrullo, sans oublier que Giacomo est toujours à une petite distance d'eux. Le long du versant méridional d'une montagne élevée et garnie à sa base d'un fouillis d'arbres, d'arbrisseaux de toute espèce, des pointes nues de rochers perçaient toute cette verdure et lui faisaient un contraste frappant par leur blancheur. C'était au milieu de ces rochers et de ces buissons que se trouvait la tanière de l'ours.

Les chasseurs se postèrent sur un roc, d'où ils pouvaient découvrir, non l'ouverture de la tanière, cachée par un épais buisson, mais du moins d'où ils pourraient être prévenus de la sortie de la bête par l'inclinaison et les mouvements des rameaux.

— Signors, dit Petrullo à voix basse, le vent vient de changer, et dès que l'ours sortira, nous serons *éventés* : passons sur cet autre rocher au-dessus duquel les branches se courbent du côté de la vallée.

Ils allaient opérer ce changement de place, lorsque les chiens, que Petrullo avait pris la précaution de museler, donnèrent des signes d'inquiétude.

— Que signifie cela? dit Petrullo; deux ours se trouveraient-ils dans ces parages? Garde à nous, signors : en voici un qui descend dans la vallée, et les branches s'agitent à l'ouverture de la tanière.

Au même instant un rugissement prolongé partit du côté de la tanière, et un autre aussi fort y répondit de la montagne. Petrullo pâlit.

— Ne descendez pas, ne descendez pas, dit-il aux jeunes chasseurs, qui se disposaient à changer de place; montons plutôt à la pointe du rocher, nous pourrons nous y défendre avec plus d'avantage.

Puis, jetant un regard douloureux sur les chiens, il dit :

— Pauvres bêtes ! vous ne pouvez nous y suivre. Je vous abandonne à votre instinct de la conservation.

Il les démusela; mais loin de chercher à fuir, les deux chiens se pressèrent autour de leur maître comme s'ils lui eussent demandé appui contre le danger qu'ils comprenaient fort bien.

— Je ne puis les abandonner, dit résolument le chevrier. Vous êtes pour quelque temps à l'abri, signors; faites bon usage de vos armes et tirez tous les deux sur le même ours.

— Et nous ne t'abandonnerons pas, Petrullo, dirent les deux jeunes gens, en se laissant glisser du haut du rocher.

— Nous sommes trois contre deux : mes chiens en

vaudront un quatrième quand ils se verront soutenus, signors.

Ils se trouvaient adossés contre le rocher, à droite la pente de la vallée était rapide, à gauche le sol était nu et presque plane, en face un gros bouquet d'arbres limitait la vue. L'ours qui descendait de la montagne les attaquerait sur la gauche, s'il les attaquait; celui qui sortait de la caverne viendrait, ou du côté de la pente de la vallée, ou du massif qu'ils avaient en face. Les chiens, le poil hérissé, les oreilles dressées, hurlaient tantôt d'un côté, tantôt de l'autre. C'est ce qui inquiétait les chasseurs. Soudain les chiens tournent la tête du côté de la montagne, poussent un long hurlement et s'élancent à travers les broussailles, où ils disparaissent.

— Que signifie ceci? demanda Octave, qui paraissait calme. Petrullo, les chiens abandonnent le champ de bataille.

Le chevrier parut honteux de cette espèce de reproche, se gratta l'oreille, et regardant la pointe du rocher, il dit :

— Nous pouvons maintenant nous y réfugier, mais hâtons-nous. Nous allons être attaqués, les ours tiennent conseil.

Malgré leur situation critique, les deux jeunes chasseurs ne purent s'empêcher de sourire de cette idée, que les ours tenaient conseil. Leur ascension fut exécutée promptement; mais malheureusement pour Petrullo, qu'en aidant les deux jeunes gens à atteindre la pointe du rocher, son fusil échappa de sa main et roula sur la plate-forme qui se trouvait au bas du rocher. Il se disposait à redescendre, quand les deux ours sortirent du bouquet d'arbres et se trouvèrent ayant lui sur la plate-forme. Jules lui tendit la main et le hissa auprès de lui

L'ours, à moins qu'il ne soit en fureur, agit avec lenteur et probablement avec réflexion. Le premier qui saisit le fusil était d'une taille et d'une grosseur énormes. Il le serra entre ses dents, mais comme elles ne rencontrèrent que le fer du canon, la résistance qu'il opposa à sa morsure l'irrita; prenant l'arme entre les pattes de devant, il la secoua, la tordit avec les dents et fit partir le coup. Au même instant deux détonations partirent du haut du rocher, et les deux balles atteignirent l'ours, furieux du bruit qu'il venait de produire avec le fusil de Petrullo. Une seule balle pénétra, mais dans une partie du corps peu sensible. Plus furieux que d'abord, le monstrueux animal se dressa contre le rocher, le gravit rapidement, et sa tête hideuse et menaçante atteignait déjà le haut de la plate-forme du rocher, quand Petrullo lui enfonça son couteau de chasse dans la gueule et l'y plongea jusqu'au manche. Mais le malheur poursuivait le pauvre chevrier : en voulant retenir son arme, il fut emporté du haut du rocher, tomba sur l'ours, et tous les deux ils roulèrent jusqu'au pied.

— Chargeons nos fusils! cria Jules.

— Prenez garde à vous, lui cria à son tour Octave; l'autre ours monte de votre côté.

Prompt comme l'éclair, Jules se retourne et se tient prêt à recevoir l'assaillant avec la pointe de sa baïonnette. Octave avait rechargé son fusil et avait les yeux sur le grand ours qui, malgré les flots de sang qui sortaient de sa blessure, bondissait vers Petrullo. Celui-ci, quoique meurtri par sa chute, s'était emparé du canon de son fusil et repoussait courageusement son monstrueux ennemi. Pendant ce temps-là, Jules lardait la tête de l'autre ours avec sa baïonnette; mais sa position sur le rocher rendait ses coups mal assurés, et la bête furieuse les évitait avec une prestesse étonnante. Deux

fois elle roula jusqu'à terre, mais elle revenait plus
terrible à l'assaut, et le sang-froid abandonnait Jules,
quand un secours inespéré lui arriva. Quatre chiens
s'élancèrent sur l'animal; deux le quittèrent aussitôt
pour aller au secours de Petrullo, et Giacomo, sortant
du massif d'arbres, enfonça son terrible trident dans le
dos de l'ours, fit un bond de côté, et l'acheva d'un coup
de fusil.

Octave et Jules s'étaient laissé glisser au pied du
rocher, et à force de coups de baïonnette avaient délivré Petrullo et ses chiens du grand ours. La victoire
était d'autant plus complète que, sauf les meurtrissu-
res de Petrullo, ils n'avaient reçu aucune blessure,
perdu aucun chien.

On enleva les peaux des deux ours, on en coupa les
jambons et des tranches longitudinales sur le dos, et
nos chasseurs revinrent au manoir et calmèrent par
leur retour les anxiétés de leurs parents.

— Giacomo, dit Octave, je suis désormais guéri de
la passion de la chasse aux ours, car, maintenant que
j'envisage avec calme les dangers que nous avons courus, je sens combien vous aviez raison de nous dire
qu'il ne faut point s'attaquer à un pareil animal si l'on
n'a pas des nerfs d'acier. Je vous avoue que j'ai éprouvé aujourd'hui plus de peur que j'en aie jamais éprouvé
devant l'ennemi, et que je comprends que la vie de
l'homme est trop précieuse pour la jouer bénévolement
contre celle d'un ours.

— Quant à moi, dit Jules, je conviens que je dois la
vie à Giacomo. Mon point d'appui était étroit et glis-
sant; si j'étais tombé, j'étais perdu. Merci de la vie,
brave Giacomo.

XI. — Continuation du séjour au manoir. — Aventures de chasse.
— Départ pour Naples. — Le petit capitaine de voltigeurs.

Le reste de l'hiver se passa paisiblement dans le manoir; il fut d'une rigueur extrême, et plus d'une fois les provisions furent sur le point de manquer aux habitants du manoir. Les chasses, la basse-cour, le peu de lait des troupeaux y suppléèrent, et dès que les voies de communication se trouvaient praticables, le prévoyant Giacomo en profitait pour faire arriver les approvisionnements.

La santé de M. d'Angel, profondément atteinte par les peines morales plus que par les souffrances du corps, ne pouvait se rétablir et souffrait au contraire beaucoup de l'âpreté du froid, si intense dans les hautes régions des montagnes. Elle donnait les plus vives inquiétudes à ses amis et à tous les habitants du manoir, que la douceur du caractère du comte d'Angel et les manières si distinguées de ce vieux gentilhomme avaient attachés à sa personne. Au mal qui le minait, il n'y avait qu'un remède : un changement de température. Mais, ni la sûreté ni ses ressources financières ne le permettaient pas. Il attendait donc une fin prochaine, mais avec la résignation d'un chrétien. Ce qui l'attristait le plus était de laisser son fils, encore trop jeune pour se passer des conseils et de la surveillance paternelle, dans une position qui ne lui ouvrait aucun avenir.

La Providence eut pitié de tant de résignation et des douleurs paternelles de cet excellent homme. Un jour, ils reçurent du comte Rizzo des lettres qui leur montraient, dans un avenir prochain, le retour dans leur patrie possible; mais ce qui les consola surtout, c'est qu'ils pouvaient, désormais, sans crainte d'être inquiétés, choisir en Italie telle résidence qu'ils voudraie.t. Comme il connaissait le dépérissement de la santé de M. d'Angel, il offrait avec sa générosité ordinaire, aux deux émigrés et à leurs enfants, une retraite nouvelle dans le voisinage de Naples, sur le bord de la mer, et ajoutait avec une délicatesse infinie que s'ils prenaient ce parti, la somme de son bonheur intime serait beaucoup augmentée, car il pourrait passer auprès d'eux plusieurs jours de chaque semaine et qu'ils aviseraient ensemble aux moyens à prendre pour assurer une carrière à ses deux jeunes amis.

Cette lettre du noble Napolitain remplit les habitants du manoir de la joie la plus vive : le seul Giacomo en parut attristé.

—Je voudrais, leur dit-il, que vous ne fussiez jamais venus au manoir; avant de vous connaître, je vivais ici tranquille et content de mon sort; j'avais à moi les montagnes et les vallées, le bonheur autour de mon foyer durant les longues veillées d'hiver, et quand je revenais fatigué d'une longue chasse, j'en rapportais des provisions, dont tous les habitants du hameau profitaient tour à tour, et je me couchais pour m'éveiller avec l'aube du matin, après un sommeil paisible et réparateur. Vous m'avez appris à connaître d'autres jouissances, et votre départ va réellement me laisser dans la solitude. L'homme qui passe d'une position pénible dans une plus heureuse, jouit moins du contraste que ne souffre celui qui passe d'une position heureuse à une position isolée où l'âme et le cœur n'ont plus les mêmes satisfactions.

Les émigrés et leurs familles étaient touchés des regrets du bon Giacomo, et l'auraient volontiers emmené avec eux, s'ils avaient été libres et dans l'opulence, comme dans le passé; mais celui qui sentait le plus

vivement la séparation qui allait l'éloigner de Giacomo
était Octave. Le brave Giacomo ne l'avait-il pas initié
au grand art du chasseur? n'avaient-ils pas parcouru
ensemble les montagnes et leurs gorges profondes?
n'avait-il pas partagé avec lui toutes les fatigues, toutes les attentes et toutes les joies du chasseur?

Il fallait se séparer, la conservation de la vie de
M. d'Angel en hâtait le moment, et chaque membre de
la famille s'y prépara avec activité et espérance.

Avant le départ, Giacomo et les deux jeunes chasseurs voulurent faire une tournée dans les montagnes
et rapporter du gibier en suffisance pour donner un
petit festin à tous les habitants du hameau, qui s'é-
taient toujours montrés dévoués et obligeants envers
les hôtes de leur seigneur.

— Nous chasserons toute espèce de gibier, dit le
vieux chasseur, sauf celui qui, pour prix d'une victoire chèrement achetée, puisqu'on y met sa vie en
jeu, ne donne que sa peau et ses cuisses.

Cette déclaration était nécessaire pour tranquilliser
les deux pères, qui ne se rappelaient pas la dernière
chasse à l'ours sans frissonner à l'idée des dangers
qu'avaient couru leurs fils.

Nos chasseurs vont se mettre en route, les chiens
aboient dans la cour d'entrée, et pour dernier adieu,
plusieurs hommes du hameau viennent se joindre à
eux. Cette augmentation dans le nombre des chasseurs
tranquillise les deux pères, qui regrettent sans doute
que les années ne leur permettent plus de se livrer à
l'amusement de leur heureuse jeunesse.

Petrullo sonne des fanfares avec sa trompe sauvage,
les chiens y répondent, et la troupe, pleine d'espérance,
prend le chemin des basses régions, où l'herbe a été
préservée des rigueurs de l'hiver par l'abri des buissons et des grands arbres; c'est dans ces parages de

montagnes que le menu gibier cherche pâture et abri
contre la violence des vents. Déjà la chasse se continuait avec le plus grand succès, les carnassières se rem-
plissaient et l'ardeur des chasseurs augmentait.

Octave, Jules et Petrullo étaient descendus au fond
des hauteurs voisines, quand Petrullo s'arrêta soudain,
et étendant la main vers les deux amis, il leur fit si-
gne de garder le silence. Ils s'arrêtent, l'œil fixé sur le
chevrier. Celui-ci, écartant doucement les branches
sèches, s'approcha d'un gros arbre dont les rameaux
dépouillés de verdure s'étendaient au loin. Tout-à-
coup, il fit un bond en arrière et s'écria :

— Prenez garde à vous, signors!

Au même instant, un grand bruit se fit dans le buisson, d'où un ours énorme sortit, se leva sur les pattes
de derrière et promena autour de lui des regards in-
vestigateurs. Les deux chasseurs n'étaient point pré-
parés à cette chasse et n'avaient leurs fusils chargés
que de petites chevrotines.

— N'attaquez pas, dit Petrullo; laissez-moi agir.

Il saisit un gros caillou, le lança à la bête féroce,
puis détala avec la légèreté des chevriers des montagnes. L'ours, sans faire attention aux deux jeunes chasseurs, se mit à la poursuite de l'agresseur et leur prouva
que s'il paraît lourd dans ses mouvements ordinaires,
il ne manque ni de légèreté ni de vitesse quand il s'a-
git de poursuivre un ennemi.

Les sons du cornet du chevrier retentirent forts, et
pour ainsi dire, haletants.

— Ami, dit Octave, ne laissons pas le bon Petrullo
en danger, c'est pour nous qu'il s'y est mis. Doublons
la charge de nos armes, et en avant.

— En avant, répondit Jules.

Et ils suivirent le passage ouvert par l'ours dans les
buissons. Les autres chasseurs s'étaient rassemblés

aux sons d'alarme de la trompe de Petrullo, et il se trouvait à peu près hors de danger quand les deux amis le rejoignirent. A la vue d'une troupe aussi nombreuse de chasseurs, l'ours s'arrêta, huma l'air avec force, puis, se jetant à travers les buissons, il disparut.

— Donnons-lui la chasse, s'écria Jules, emporté par l'ardeur inconsidérée de la jeunesse.

— Non, signor, non, dit gravement Giacomo ; j'ai promis à vos parents que nous ne chasserions que le petit gibier, et Giacomo n'a jamais manqué à ses promesses. Tenez, tenez, ajouta-t-il en tournant la main vers l'endroit où l'ours s'était mis en retraite, il bat le pays pour nous, et nous envoie du gibier qui vaut un bon coup de fusil.

Effectivement, un jeune sanglier fuyait de leur côté en écartant avec son boutoir les arbustes qui lui faisaient obstacle. Les chiens se lancèrent à sa rencontre et l'arrêtèrent un moment, mais le sanglier est une bête têtue ; il poussa en avant, insoucieux des chasseurs auprès desquels il devait passer.

— Attention, signors, cria Giacomo ; ne tirons pas tous en même temps ; le sanglier a un retour terrible. Maintenant, signors ; feu au défaut de l'épaule.

Octave et Jules lâchèrent la détente de leurs fusils, le sanglier tomba sur le côté, se relevant avec un râlement formidable, et se rua sur les chasseurs.

— Feu, vous autres ! dit Giacomo aux hommes du hameau.

Quatre coups éclatèrent, mais l'animal, tiré de front, n'en parut pas ébranlé, les chevrotines avaient, ou glissé sur la hure, ou pris une autre direction.

— A mon tour, dit Giacomo ; et se jetant bravement au-devant de la bête furieuse, le couteau de chasse à la main, il fit un bond à droite et lui enfonça sa lame là où il avait conseillé aux jeunes chasseurs de tirer.

5

La bête tomba, se releva, se roula à travers les buissons, mais le coup, porté de main de maître, était mortel; il tomba pour ne plus se relever.

— Sonne le hallali, Petrullo; sonne-le de toutes tes forces, s'écria Giacomo exalté par sa victoire. Là! là! cette pièce ne pourra entrer dans aucune de nos carnassières.

Il agita son couteau de chasse tout sanglant autour de sa tête, et en véritable Italien, dont la tête est facile à exalter, il s'écria :

— Merci, mon ami l'ours, un quartier de ce sanglier vaut mieux que ta grosse masse de chair.

On fit un brancard avec des branches, et deux hommes du hameau se chargèrent de la bête encore chaude. Les chasseurs rentrèrent au manoir avec quelques pièces de gibier de plus abattues durant le retour.

Le récit de cette chasse augmenta l'estime des deux émigrés pour le brave et honnête Giacomo, et le lendemain, au festin d'adieux, ils voulurent qu'il fût assis entre eux deux à table, honneur qui ne le flatta pas peu.

Quand ils se mirent en route pour Naples, Giacomo les accompagna jusqu'au sortir des gorges, et les laissa à la conduite de deux hommes du hameau, le comte Rizzo lui ayant écrit des ordres qui nécessitaient sa présence au manoir.

— Adieu, brave Giacomo, dirent les deux émigrés, quelle que soit notre fortune à venir, nous n'oublierons point le Giacomo du manoir des Abruzzes, sa franche hospitalité et son dévouement.

Giacomo leur serra tristement la main et leur dit ces seuls mots :

— Désormais, je vais me trouver seul.

— Tenez, Giacomo, dit Octave, qui l'attira à l'écart

voici ce qui me reste de notre opulence ; acceptez-le pour l'amour de votre élève en saint Hubert.

En même temps, il lui glissa dans la main une petite montre en or. Giacomo resta un instant comme interdit ; on voyait sur son visage qu'il était indécis s'il accepterait ce présent de la reconnaissance ; enfin, il regarda la montre, et dit avec émotion :

— Elle sera pour moi un souvenir à toutes les heures de la journée, et elle ne se séparera jamais de moi.

Il serra la main d'Octave, mais celui-ci l'embrassa avec une effusion telle que les larmes en vinrent aux yeux du vieux chasseur d'ours, qui s'éloigna rapidement, comme s'il eût été honteux de pleurer.

Nos voyageurs continuèrent leur chemin vers la ville de Naples, ne sachant trop quel aspect ils trouveraient à cette ville, abandonnée par son souverain légitime, et passée, ainsi que le reste du royaume, sous un nouveau gouvernement. Ils avaient traversé les montagnes, et après avoir fait une marche d'environ une journée, ils avaient atteint la petite ville épiscopale de Ponte-Corvo. Cette ville était encore occupée par une petite garnison française, et ils éprouvèrent des appréhensions, en songeant qu'ils n'avaient point de passe-port, usage établi depuis peu de temps, ni de sauf-conduit. Comme ils voyageaient absolument comme de simples propriétaires habitant la campagne, et que leur mise était en rapport avec ce qu'ils voulaient paraître, ils espérèrent passer aussi librement à Ponte-Corvo, qu'ils avaient passé dans les autres lieux le long de la route. Ils entrèrent dans la ville quelques heures avant la nuit, sans avoir été arrêtés par un poste français établi à la porte principale. Ils étaient depuis environ une heure dans la petite auberge où leurs guides les avaient conduits, quand ils entendirent

à la porte ces paroles prononcées en français : Halte!
alignement! et au même instant le bruit régulier d'une
certaine quantité de crosses de fusil tombant à terre.
Leur attention fut éveillée, et bientôt remplacée par
la crainte : un pas cadencé, en un mot, un pas militaire, se dirigea vers la petite salle qu'ils occupaient
et qui donnait sur le jardin. La porte s'ouvrit, quatre
fantassins français, l'arme au bras, entrèrent, précédés d'un sergent. Les deux émigrés se levèrent; Octave
et Jules en firent autant, et la pauvre Marie se plaça
derrière son père.

Le sergent fit poliment un salut militaire, et leur dit
qu'il avait l'ordre du commandant de place de les conduire en sa présence.

— Nous sommes des habitants des Abruzzes, répondit M. d'Avricourt en italien, nous nous rendons à Naples pour des affaires de famille, et jusqu'à cette ville,
nous n'avons trouvé aucun empêchement à la continuation de notre route.

— Cela est puisque vous êtes ici, répondit poliment
le sergent, et je n'ai point à m'en informer; j'ai à exécuter l'ordre de mon chef, et je vous prie de me suivre.

— Nous sommes fatigués, fit observer M. d'Angel, et
le repas que nous avons commandé va nous être servi,
faites-nous le plaisir de vous asseoir à notre table, puis
après nous vous suivrons.

Il s'était exprimé en français.

— Monsieur, lui répondit le sergent, toujours avec
politesse, si vous aviez porté le mousquet, vous sau-
riez que des hommes en service militaire ne subordon-
nent point à la satisfaction de partager le repas d'honnêtes citoyens l'exécution des ordres qu'ils ont reçus.
Veuillez donc nous suivre. Vos serviteurs resteront
pour veiller à la conservation de vos bagages.

Il n'y avait plus d'objections à faire, et ils se prépa-

raient à le suivre, quand M. d'Avricourt, appelant la
maîtresse de la maison, lui dit qu'il la priait de prendre sa fille sous sa protection jusqu'à son retour. Sa
voix était émue.

— Je vous suivrai, mon père, dit Marie en lui saisis-
sant le bras.

— C'est ce que Mademoiselle a de mieux à faire, dit
le sergent, car nous ne devons laisser ici que les deux
serviteurs. Mademoiselle a la prononciation française
aussi pure que si elle était née en France, ajouta-t-il,
toujours avec politesse.

Cette observation remplit les deux émigrés d'inquiétude. Ils se mirent en marche ; la nuit était déjà com-
mencée.

La ville de Ponte-Corvo n'est pas considérable ; ils
atteignirent bientôt une maison de belle apparence,
au-devant de laquelle était un poste militaire ; la sentinelle présenta les armes ; ils furent introduits dans un
grand appartement rempli d'équipements militaires et
parfaitement éclairé. Les quatre soldats, sur l'ordre du
sergent, laissèrent tomber les crosses de leurs fusils et
se tinrent immobiles. Le sergent frappa à une porte
pratiquée au fond de l'appartement, et les deux bat-
tants de cette porte s'ouvrirent aussitôt et laissèrent
voir un autre appartement mieux éclairé que le premier, où deux officiers écrivaient autour d'une petite
table. Un soldat paraissait attendre derrière eux une
lettre qu'un des deux officiers mettait sous un pli.

Le plus petit de ces deux officiers, qu'on pouvait reconnaître à ses épaulettes pour un capitaine, se leva
avec une vivacité toute française, et mettant le cha-
peau à la main, il se dirigea vers M. d'Avricourt. Il
s'arrêta à deux pas, et élevant la voix, il dit :

— *O comites, mecum, majora passi ; nil desperandum,
teucro duce et auspice teucro.* Ah ! ah ! je puis cette fois

citer Horace sans l'estropier. Nous avons passé ensem.
ble une bien froide nuit dans les montagnes des
Abruzzes; vous en souvient-il, Messieurs? Ne vous for-
malisez pas, lieutenant, si je me sers de cette qualification; celle de citoyen est encore inconnue dans les
Abruzzes... Eh quoi! Monsieur, ajouta-t-il en voyant
son auditeur, et par suite les autres, étonnés de cette
réception imprévue, ne vous rappelez-vous point le
joyeux fantassin des Abruzzes?... Ah! ah! ajouta-t-il
en éclatant de rire, je comprends maintenant la cause
de votre étonnement : alors je n'avais qu'un pauvre
uniforme et de méchantes guêtres aux pieds. Tenez, je
les conserve ici comme de glorieuses reliques; j'avais
aussi le visage entier, et ce diable de coup de sabre ne
m'avait pas labouré le front et passablement défiguré;
mais je suis toujours sain d'esprit et surtout de cœur,
mes chers compatriotes.

En même temps il saisit la main que lui tendait
M. d'Avricourt, la serra cordialement, puis se tournant
prestement vers Octave, il lui dit :

— Eh bien! camarade, est-ce que tu n'as pas un mot
d'amitié à me dire? Le capitaine de voltigeurs vaut le
petit fantassin; approche et embrasse-moi. Hein! nous
passâmes une piteuse nuit dans ces chiennes de montagnes.

Sans attendre de réponse, il se tourna vers Marie,
mais avec un air respectueux; il la salua et lui dit qu'il
était enchanté de reparaître devant elle dans une tenue
plus convenable que la première fois.

—Soyez les bienvenus, dit-il ensuite à M. d'Angel et
à son fils, parents ou amis de M. d'Avricourt. Mais
vous avez voyagé, et nous pouvons faire mieux que de
causer; c'est-à-dire, ajouta-t-il, que je puis vous occuper plus agréablement qu'à entendre mon bavardage.
Nous soupons ensemble ce soir.

Il les fit passer dans un troisième appartement, où un excellent souper servi à la française fumait sur la table, et donna l'exemple en attaquant vigoureusement les mets qu'un militaire cuisinier leur servait avec une remarquable promptitude. Le lieutenant seul assistait à ce repas et paraissait être en admiration en entendant son capitaine causer pour tout le monde, et toujours avec une gaîté et un entrain étonnants. Il paraissait dépourvu d'instruction, mais son visage mâle, la hardiesse de son regard, annonçaient un homme propre au champ de bataille.

— Lieutenant Laroche, lui dit le capitaine, nos hôtes t'excuseront si tu les quittes un peu trop tôt; tu seras cette nuit mon lieutenant en tout et partout; il faut que le service se fasse.

Le lieutenant se versa deux verres de vin coup sur coup, se leva de table, prit tout bas le mot d'ordre, puis fit un salut militaire aux convives et se retira.

— Maintenant, nous pouvons causer de vos affaires, dit le capitaine; ce soldat est un Provençal, qui ne comprend pas un mot de français. Causons donc, et que la folle gaîté, contrairement à l'usage, soit bannie au moment du dessert.

Il devint sérieux.

— Vous allez à Naples, monsieur d'Avricourt, ces messieurs y vont sans doute aussi. Avez-vous obtenu votre radiation de dessus la liste des émigrés?

Cette question prit M. d'Avricourt au dépourvu; il répondit franchement qu'il ne savait même pas qu'on pût la solliciter.

— Et vous alliez cependant à Naples, reprit le capitaine. Qui a pu vous donner ce conseil? Y avez-vous des amis auprès du nouveau gouvernement?

Cette nouvelle question embarrassa M. d'Avricourt plus que la première; il craignait de compromettre son ami, le comte Rizzo. Le capitaine lut dans ses yeux la cause de son silence.

— Voilà pourtant où mènent les discordes civiles, dit-il comme s'il se fût parlé à lui-même ; puis, plus haut : Je respecte votre silence, Monsieur, tout en déplorant que mon compatriote ne puisse pas se fier à moi. Que vous ayez des amis, ou que vous n'en ayez pas auprès du gouvernement napolitain, vous en avez un ici dans le capitaine qui vous parle ; et je ne souffrirai pas que vous vous rendiez à Naples sans garanties pour votre liberté. J'ai rendu service à un homme aujourd'hui influent à Naples, demain vous recevrez une lettre pour lui. Suivez les conseils qu'il vous donnera.

Puis, changeant subitement de ton et de manières, il accabla Octave de questions, s'informa de Giacomo, et même du grand chevrier Petrullo.

— Vous vous informez de toutes vos connaissances d'un jour, dit Octave, permettez-moi de vous demander ce qui vous est arrivé depuis notre séparation.

— Je ne te permets qu'une seule chose, camarade, répondit le capitaine, mais d'un ton si plein de cordialité qu'il était impossible de se méprendre sur son intention, je te permets de ne voir en moi que le petit fantassin des Abruzzes, sans oublier son accoutrement, ni surtout la promesse que tu lui fis de le tutoyer. C'est ici plus important que tu ne le penses, et demain, quand nous nous séparerons, n'oublie pas de me dire : Adieu, camarade, porte-toi bien. Je n'oserais exiger ce langage de ces messieurs, et il faut que tu me le tiennes en présence de mes hommes... Vous êtes fatigués, je n'avais que ma table à vous offrir, on va vous reconduire militairement, et gare à l'hôte s'il vous donne un seul motif de plainte.

Nos voyageurs furent escortés jusqu'à l'auberge, où

l'hôte et sa femme, prévenus de leur intimité avec le comman..ant de place, les entourèrent de soins empressés et leur donnèrent les lits qu'ils avaient les meilleurs.

Le lendemain, quand ils se préparaient à leur départ, le bon et joyeux capitaine arriva avec son lieutenant, et les retint encore pour le déjeuner. Il se montra aussi joyeux et aussi ouvert que durant le souper de la veille, et quand il sentit que l'heure du départ était arrivée, il dit à son lieutenant :

— Camarade (il affectionnait ce mot), il faut se mettre en route ; vos hommes sont-ils prêts?

— Oui, capitaine.

— Eh bien! un coup de tambour, et en avant, marche! Suivez-moi, dit-il aux émigrés; c'est à la porte de la caserne qu'il faut nous faire nos adieux. N'oublie pas, camarade Octave, de me traiter de camarade plutôt dix fois qu'une devant mes hommes, et parlez italien durant la route, car vous serez accompagnés, je dois dire escortés, par un détachement, jusque sur le territoire de Gaëte; les chemins ne sont pas sûrs en ces temps de guerre, et je ne vous dirai plus, comme à votre arrivée, *nil desperandum*, mais *nil timendum, auspice teucro*. C'est assez plaisant, ajouta-t-il en riant, qu'un petit capitaine au service d'une république qui détrône les rois, prenne le titre d'un prince troyen.

Puis, subitement, son visage se couvrit d'un nuage de mélancolie, il dit à demi-voix :

— Où tout cela nous mènera-t-il? Ah! pauvres gens, vous fuyez Charybde pour aller vous perdre dans Scylla! Monsieur d'Avricourt, dit-il ensuite, vous souvenez-vous de M. de ***?

Il se pencha à son oreille pour prononcer ce nom.

— Parfaitement, répondit celui-ci.

Le capitaine lui parla encore bas, et M. d'Avricourt

tressaillit et regarda le capitaine avec un si grand
étonnement que celui-ci lui dit :

— Ne me regardez point ainsi, vous saurez bientôt
qu'il est bon d'avoir des amis partout.

Il lui remit un fort paquet de lettres, en lui recommandant de l'ouvrir dès son arrivée à Naples. Les
adieux se firent à la tête du détachement d'escorte, et
Octave n'oublia pas le mot *camarade*. Le capitaine les
quitta visiblement ému, recommanda au lieutenant de
veiller sur la sûreté de ses amis, et surtout à la disci-
pline de ses soldats.

Un roulement de tambour annonça le départ; les
émigrés, outre leurs quatre chevaux, dont deux portaient leurs bagages, en trouvèrent trois que le capitaine avait mis à leur disposition; ils furent placés entre une petite avant-garde et vingt hommes qui formaient l'arrière-garde, et partirent pleins d'espérance
et enchantés du petit capitaine.

XII. — Arrivée à Naples. — Le caporal Pierre. — Le lieutenant
de grenadiers. — Départ pour l'île d'Ischia. — Conclusion.

A l'entrée du territoire de Gaëte, le lieutenant les
confia à un poste français, au commandant duquel il
remit une lettre de son capitaine. Comme la journée
était fort avancée, ils furent obligés de coucher au
cantonnement, où ils furent comblés d'égards et de
soins.

Les routes se trouvant plus sûres jusqu'à Naples, ils
n'eurent plus qu'une escorte de cinq hommes, et arrivèrent heureusement en cette ville le soir du lendemain.

M. d'Avricourt se rendit, dès le matin, au palais du
comte Rizzo. Il était occupé par des officiers supérieurs

de l'armée française, et le propriétaire relégué dans une partie basse et isolée de son propre palais.

Les deux amis se jetèrent dans les bras l'un de l'autre sans proférer une parole; quand ils furent remis de leur première émotion, le comte dit à son ami :

— Si vous ne reconnaissez plus mon palais, vous reconnaîtrez encore moins la ville de Naples; la guerre y a passé, et les vainqueurs l'occupent, la possèdent en entier. Mais parlons de vous, de vos enfants et des deux amis que vous m'avez annoncés. Comment êtes-vous arrivés sans malheurs? cette crainte m'a fortement occupé l'esprit. En vous écrivant, j'ignorais encore qu'il y avait des mouvements dans les contrées que vous deviez traverser, et que l'autorité militaire déployait la plus grande vigueur. Mais vous êtes arrivés sains et saufs, Dieu soit loué !

M. d'Avricourt lui fit alors le récit de leur voyage et lui parla des lettres qu'il avait à remettre. Ils enlevèrent la première enveloppe, qui contenait trois lettres : en lisant l'adresse de la plus large, le comte laissa échapper une exclamation.

— Pour le général en chef! s'écria-t-il.

M. d'Avricourt prit la lettre, et lut l'adresse :

Au citoyen Championnet,

Général en chef de l'armée d'occupation.

Naples.

— Si ce n'est pas une lettre de Bellérophon, dit le comte, mon ami, vous êtes en sûreté, je devrais dire sauvés, vous et vos amis. Mais voyons les deux autres lettres.

L'une était à l'adresse d'un caporal de grenadiers, et l'autre à un lieutenant du même corps. Les deux amis se regardèrent avec étonnement : si M. d'Avricourt n'a-

vait pas connu le véritable nom du capitaine, il se serait cru, pour le moins, la dupe d'une mystification ;
aussi, rassura-t-il son ami à ce sujet.

— Commençons par le caporal, dit le comte en se levant, la caserne est peu distante de ce palais.

M. d'Avricourt voulut s'opposer à sa sortie, allé-
guant qu'il craignait d'exposer sa dignité au contact de
la soldatesque.

— Ma dignité, dit mélancoliquement le comte, dites
donc mon *égalité*. Allons trouver le citoyen caporal.

La caserne était pleine de soldats, presque tous jeunes, et faisant un bruit que le soldat français sait mieux
faire qu'aucun soldat du monde. Le nom du caporal
demandé circula de bouche en bouche et parvint à ses
oreilles. Il se souleva sur le lit de camp où il était
étendu, et quand il sut que deux Napolitains le de-
mandaient, il se leva et alla au-devant d'eux. Il tourna
et retourna plusieurs fois la lettre entre ses doigts,
puis il dit :

— Ah! ah! c'est le petit capitaine qui m'écrit ; je re-
connais sa belle écriture. Veuillez me suivre, citoyens.

Ils sortirent de la caserne et entrèrent dans une maison basse, où le caporal demanda une chambre parti-
culière.

— Maintenant, causons un peu, citoyens, dit le caporal, homme de haute taille, déjà avancé en âge,
ainsi que le prouvaient ses longues moustaches grison-
nantes, son front hâlé et profondément ridé, et sur son
bras trois chevrons. Causons un peu, dit-il ; vous avez
vu le petit capitaine?

— J'ai eu cet honneur, répondit M. d'Avricourt.

— Ah! bast! laissez donc ces grands mots; êtes-
vous bien connu de lui?

— Il me traite comme un ami.

— Cela suffit, citoyen ; lisez-moi maintenant sa lettre,

car je ne sais lire que depuis qu'il m'a appris à épe-
ler ; mais j'ai la tête dure, et j'avoue mon peu de savoir.

Il se mit en posture d'écouter. Voici le contenu de la
lettre :

« Mon vieux camarade,

» Si tu te portes bien, tout va bien. L'ami qui te re-
mettra ces mots te dira que ma santé est florissante et
que, sans ce maudit coup de sabre, je serais encore un
joli garçon, capitaine grâce au coup de main que tu me
donnas amicalement le jour ou nous sauvâmes le général. Je te rappelle cela, mon vieux camarade, parce
que mes amis ont une grâce à lui demander, et que s'il
se fait tirer l'oreille pour l'accorder à ma demande, car
je t'apprends que je lui écris à ce sujet, tu iras le trouver et tu lui diras rondement que cela te contrarie fu-
rieusement ; tu lui diras tout ce que je ne puis lui dire
dans une lettre.

» Outre cela, mon vieux camarade, tu veilleras à
ce que mes amis ne soient pas molestés par nos cons-
crits, qui se croient de vrais troupiers pour avoir entendu une dizaine de fois siffler les balles et gronder le
canon.

» Adieu, porte-toi bien et continue d'étudier l'alpha-
bet que je t'ai donné ; il ne faut pas que tu meures
caporal. Je ne suis plus auprès de toi pour te tirer tes
grosses moustaches.

» A toi, d'âme et de cœur. »

Le vieux caporal était resté immobile durant cette
lecture ; quand M. d'Avricourt jeta les yeux sur lui, il
vit deux grosses larmes arrêtées sur sa moustache. Il
les essuya avec le revers de sa main, et dit :

— Toujours bon garçon, le bon petit; les épaulettes
ne lui ont point gâté le cœur, comme à tant d'autres.
Sois tranquille, mon petit capitaine, ton vieux camarade ira trouver le citoyen Championnet, avec qui j'ai
couché, quand je débutai dans les gardes wallonnes, et
nous verrons s'il nous refusera. Relisez donc la lettre
du petit, citoyen; je veux la graver dans ma cer-
velle.

A la seconde lecture, il ne resta pas muet; il inter-
rompait le lecteur, tantôt par ces mots : *Toujours gai
comme un pinson, toujours le cœur sur la main ;* tantôt
par ceux-ci : Ah ! il se rappelle ma moustache; il me
l'a souvent tirée, c'est la vérité, mais j'ai la tête dure,
et depuis que je l'ai quitté, je n'ai guère eu le temps
d'étudier. Il prit la lettre, la plia en quatre doubles et
l'introduisit sous son uniforme.

— Maintenant, citoyens, parlons un peu. Une goutte
de quelque chose vous irait-elle ?

Ils le remercièrent, et le comte lui présenta plusieurs
scudis, en lui disant :

— Voilà pour boire à la santé de votre ami le capitaine.

— Et nous y ferons honneur, les camarades et moi,
dit le caporal en empochant les scudis.

La seconde lettre était adressée, ainsi que nous l'a-
vons déjà vu, à un lieutenant de grenadiers. Celui-ci,
après en avoir pris connaissance, leur dit qu'il osait
espérer que le général en chef leur accorderait toute
demande qui serait compatible avec sa position. Ils
apprirent de lui que, dans une rencontre avec l'ennemi, le général, qui avait poussé trop loin une reconnaissance faite en personne, avait été surpris par un
gros d'ennemis et serait infailliblement tombé entre
leurs mains, si le vieux caporal, le capitaine de vol-

igeurs et lui, qui avaient été lancés en avant en tirail-
leurs, ne l'eussent tiré de ce mauvais pas.

— Notre ami le capitaine, alors comme moi, simple
sergent, se comporta avec un sang-froid incroyable,
mais le caporal Pierre nous surpassa tous, et je puis
le dire, nous sauva la vie, ainsi qu'au général. Cette
action fut portée à l'ordre du jour de l'armée. Notre
ami, en sortant de l'hôpital, car il avait été griève-
ment blessé, fut promu successivement à tous les gra-
des intermédiaires, et en dernier lieu à celui de
capitaine, par suite de la mort de son devancier. Je
dois aussi à cette action l'épaulette que je porte ;
quant au soldat Pierre, on ne put en faire qu'un caporal. Depuis cette époque, nous avons eu un libre
accès auprès du général, qui montre une affection par-
ticulière au capitaine, dont l'avancement est assuré.
C'est un aussi bon soldat sur le champ de bataille
qu'il est joyeux camarade en société, et surtout à table. Le général ne restera à Naples que demain dans
la matinée ; remettez-moi la lettre que vous avez pour
lui, le caporal et moi nous irons le trouver, et, pris
qu'il sera, entre trois feux, il capitulera, à moins
que ce ne soit une affaire politique déjà éventée ;
car vous êtes Français, Messieurs (cette qualification
les effraya un peu), et vous n'êtes pas de ces gens
sans conséquence à qui l'on peut toujours donner la
clef des champs. Quand j'ai dit que vous étiez Français, je me suis trompé pour l'un de vous, car je m'a-
perçois que j'ai l'honneur de parler à monsieur le comte
Rizzo.

M. d'Avricourt soupçonna que le capitaine de voltigeurs avait été plus explicite dans sa lettre au lieutenant que dans celle au caporal Pierre.

— **Je vous rendrai compte de notre intervention d**——

main au soir, si je puis aborder notre général dans le
courant de la journée.

Les deux amis se retirèrent, fort satisfaits de la cour-
toisie du lieutenant et comptant beaucoup sur la dé-
marche projetée pour le lendemain.

— Je ne puis vous offrir l'hospitalité, dit le comte à
M. d'Avricourt; on ne m'a laissé que trois petits appartements insuffisants pour ma famille, que j'ai en-
voyée à la campagne, mais nous allons nous occuper
de vous trouver un gîte passable et temporaire, je l'es-
père, car vous irez rejoindre ma famille en attendant
la décision de vos affaires; je vous accompagne, et nous
souperons ensemble.

Le comte suivit M. d'Avricourt à l'hôtel où ils étaient
descendus, en fit enlever les bagages des deux émigrés et les conduisit dans un quartier retiré où habitait
un de ses serviteurs. Lorsqu'ils se trouvèrent réunis,
le comte leur dit :

— Il faut maintenant que je vous parle de moi. La
mission secrète dont j'étais chargé m'a sauvé du nau-
frage. Absent de Naples lors du départ précipité de la
cour pour la Sicile, j'envoyai Giacomo à Naples pour
s'informer de l'état des choses. Il trouva mon palais
envahi; interrogé sur les causes de mon absence, ce
brave et fidèle serviteur répondit que j'étais depuis
assez longtemps dans une de mes terres, et que j'ignorais ce qui s'était passé à Naples. Je me hasardai de
revenir à Naples, et n'y fus point inquiété. Je fis volontiers l'abandon de mon palais et de mon mobilier
aux officiers français, qui eurent l'obligeance de me
laisser le réduit où vous m'avez trouvé. Je vis fort retiré, attendant les destinées que la Providence réserve
à notre malheureuse patrie. Tullino, le fidèle serviteur
chez lequel nous sommes aujourd'hui, a sauvé toute
mon argenterie, mes bijoux et les objets les plus pré-

cieux, ainsi que ma caisse; je suis loin d'être aussi dépouillé qu'on le croit généralement, c'est ce qui assure ma tranquillité au milieu d'une ville pleine de soldats et d'habitants assez insensés pour saluer tous les succès.

— Mais quel parti prendrons-nous si, comme nous avons lieu de l'espérer, le général en chef nous accorde sa protection?

C'était M. d'Angel qui faisait cette question.

— Eussiez-vous l'autorisation de rentrer en France, répondit le comte, je ne vous conseillerais pas d'en profiter. Votre patrie bouillonne encore comme notre Vésuve aux jours de ses éruptions. Profitez de la protection du général, s'il vous l'accorde, et allez attendre les événements à ma campagne.

Leur conversation fut interrompue par le bruit du canon, et les éclats des trompettes : ils en furent un instant surpris, mais ils apprirent aussitôt que tout ce fracas avait lieu pour saluer le retour d'une expédition commandée par le général en chef, qui ramenait de nouvelles troupes à Naples.

Tandis que ces mouvements se passaient dans la ville, le comte et les émigrés restèrent renfermés, songeant à leurs positions respectives, et malgré l'espérance qu'ils avaient d'obtenir l'appui du général, ils n'en éprouvaient pas moins des inquiétudes rendues plus douloureuses par l'incertitude. Le comte paraissait calme et leur communiquait une partie de sa résignation.

La journée s'écoula, le soir vint; mais le lieutenant ne paraissait point. Les inquiétudes augmentèrent; enfin, à l'instant où les tambours battaient la retraite, un des serviteurs du comte vint le prévenir qu'un officier français l'attendait à son palais.

— Suivez-moi, dit-il à M. d'Avricourt; ce ne peut être que le lieutenant de grenadiers.

Les rues qu'ils parcourent étaient encombrées de soldats se rendant aux casernes, ou cherchant un gîte pour la nuit. Ce fut avec peine qu'ils se glissèrent à travers une foule fatiguée et presque murmurante; mais ce fut bien pis aux alentours du palais, où s'était réunie une foule d'officiers nouvellement arrivés, et cherchant aussi un logement; ce retour de troupes n'avait pu être prévu.

Un sous-lieutenant de haute taille, et portant un uniforme de grenadiers, s'était assis sur une valise à côté d'une des marches du palais, et paraissait souffrant ou blessé.

— Citoyen Basile, dit un autre officier, on va désencombrer les hôpitaux; donnez-moi le bras, vous y trouverez un chirurgien.

A ce nom de Basile, M. d'Avricourt se retourna et examina l'officier qui portait ce nom. Giacomo lui avait souvent parlé du sergent-major Basile; il vit que l'extérieur du blessé se rapportait parfaitement à la description qu'il lui avait faite de son confrère en saint Hubert.

— Citoyen Basile, lui demanda-t-il, n'avez-vous pas été en cantonnement dans les Abruzzes?

A cette question, l'officier leva la tête et répondit :

— Je voudrais que l'enfer confondît les Abruzzes si mon bon camarade Giacomo ne les habitait pas!

— Vous connaissez Giacomo? demanda vivement le comte.

— Giacomo le tueur d'ours, le héros des montagnes, si je le connais! c'est en disputant son domicile aux ennemis que j'ai attrapé cette chienne de balle qui m'a traversé le bras.

— Citoyen, reprit le comte, vous êtes blessé;

mon domicile est dans ce palais, acceptez-y l'hospitalité, vous y recevrez tous les soins qu'exige votre blessure.

— Camarade, dit Basile à l'autre officier, un trou
dans un grenier vaut mieux qu'un lit à l'hôpital;
accepté, signor, votre gracieuse proposition; prêtez-
moi votre bras. Prends cette caisse, et suis-moi,
Georges.

Il parlait à un grenadier debout auprès de lui.

— Au revoir, camarade. Il y a une place de plus pour
un blessé à l'hôpital.

L'autre officier s'éloigna.

Ils purent, grâce au grenadier qui marchait en tête,
s'ouvrir un passage dans le palais, et le comte, après
l'avoir conduit dans une de ses petites chambres, et
laissé momentanément aux soins de son domestique,
courut avec M. d'Avricourt dans l'appartement où devait l'attendre le lieutenant, mais il était reparti.

Un papier était sur la table, ils le prirent et lurent
ces mots, tracés au crayon.

« La demande est accordée, mais le général n'a pu
délivrer le sauf-conduit que lui demande, pour vous
et les vôtres, notre ami le capitaine; il est trop acca-
blé d'affaires présentement. Je vous enverrai demain
le caporal Pierre. Dormez tranquilles. » Point de signa-
ture.

— Les rues sont presque désertes maintenant, dit le
comte à M. d'Avricourt, ne tardez pas à aller porter
cette bonne nouvelle à nos amis; le soldat du lieutenant Basile vous accompagnera et ramènera un chirurgien du domicile que vous habitez maintenant.

Le retour de M. d'Avricourt calma les craintes de ses
enfants et de ses amis, qui entendaient tous le bruit
que l'on faisait dans Naples, mais la bonne nouvelle
les combla de joie. M. d'Angel pourrait donc, sans être

inquiété, chercher une température convenable à sa
santé défaillante.

Le grenadier emmena avec lui un chirurgien du voisinage au palais du comte, et le blessé reconnaissant
deviendrait au besoin un défenseur au milieu de circonstances imprévues.

L'homme propose et Dieu dispose, dit le proverbe.
Il eut ici une cruelle confirmation. Le lendemain, le
comte accourut tout effrayé chez ses amis.

— Il faut, leur dit-il, hâter notre départ pour la
campagne ; la protection du général nous devient inutile ; le lieutenant est venu me prévenir ce matin
même que, par suite de diversité d'opinions avec un
représentant du peuple de la République française, le
général Championnet était privé de son commande-
ment et rappelé en France. Cette nouvelle, qui avait
déjà circulé dans l'état-major, vient d'être confirmée ;
hâtez-vous de quitter Naples et d'aller vous confiner
dans ma campagne, de grands et graves événements
se préparent.

A la joie succéda l'inquiétude, et l'on se mit aussitôt en mesure de quitter la ville : mais à cette époque,
les événements marchaient vite : déjà un ordre avait
mis les troupes sous les armes, les portes de la ville
se trouvaient gardées comme si l'ennemi en eût fait le
siége, et la sortie devenait assez dangereuse pour nos
malheureux émigrés. Le lieutenant et le caporal Pierre
vinrent à leur secours et leur procurèrent les moyens
de sortir de Naples le soir même. Laissons cette capi-
tale, passons sous silence les événements qui s'y ac-
complirent, et suivons nos personnages.

Le premier asile que leur avait destiné le comte ne
lui parut plus assez sûr, il les fit transporter par mer
à l'île d'Ischia, où il fit aussi passer sa famille. En
prenant cette précaution pour les siens et pour ses

amis, le comte, en cas de danger, leur ménageait un refuge sur les navires anglais, alors dans les eaux de Naples.

Cette île, située à l'entrée du golfe de Naples, et à huit lieues de distance de cette ville, était encore sous la domination du roi de Naples et protégée par les vaisseaux de Nelson. Cette petite île, remarquable par ses vallées, ses ruisseaux et ses montagnes élevées, est d'une étonnante fertilité et très peuplée pour le peu d'étendue de sa surface. Le comte Rizzo y possédait, aux pieds du mont Epameo, une propriété magnifique et des jardins délicieux. Les émigrés tombèrent donc dans un véritable Eden, et purent espérer une vie tranquille au milieu d'une abondance de fruits et de productions du sol inconnue dans nos contrées.

Dès la première semaine, la santé de M. d'Angel éprouva une amélioration sensible. Ainsi la seule inquiétude qui leur restait encore disparaissait chaque jour, et ils purent dire que la bonté de la Providence ne les abandonnait point.

CONCLUSION.

Il n'entre point dans notre sujet de mentionner les changements qui ne tardèrent pas à se faire attendre; le manuscrit que nous avons sous les yeux n'en parle point. On voit que l'auteur, qui s'est étendu dans le récit de ses jours de tribulations, s'est contenté de noter sommairement les faits les plus importants du reste de sa vie aventureuse. Il parle en termes pleins de respect et de reconnaissance de la famille du comte son protecteur et son ami; il mentionne sa radiation de la liste des émigrés, due à un officier supérieur de l'armée française, sur le compte duquel il s'exprime avec chaleur, et qu'il traite d'une ancienne connaissance; quoique son nom ne soit pas cité une seule fois, nous croyons que cet officier supérieur était le joyeux petit capitaine de voltigeurs, dont M. d'Avricourt connaissait seul le vrai nom.

Giacomo ne reparaît dans ce manuscrit que pour mention de sa mort à la suite d'une lutte avec un ours qu'il eut cependant le courage de tuer; et ce qu'il y a de remarquable, et que nous ne pouvons nous expliquer, c'est que l'officier français Basile se trouve cité comme ayant tiré Giacomo des pattes de l'ours et ayant assisté aux funérailles de son confrère en saint Hubert, funérailles où il prononça un magnifique discours, que l'auteur avait bien certainement sous les yeux, puisqu'il le désigne sous le nom d'oraison funèbre; il est fâcheux qu'il ne l'ait pas consigné dans son manuscrit.

Octave d'Avricourt revint en France, obtint la remise de la majeure partie de ses biens patrimoniaux, toujours grâce à son ami, devenu officier supérieur; il repassa en Italie, épousa la fille aînée du comte Rizzo et se fixa définitivement dans cette belle contrée.

Comme si la Providence eût pris plaisir à dénouer heureusement, pour tous nos personnages, une vie trop souvent agitée, Jules d'Angel devint l'époux de Marie d'Avricourt, et le lieutenant de grenadiers qui les avait si chaleureusement servis à Naples, se trouvant mis à la retraite par suite de blessures, devint régisseur des biens de la famille d'Avricourt, et eut pour le seconder le caporal Pierre, aussi mis à la retraite. On ne put en faire qu'un personnage secondaire; il n'avait pu apprendre à signer que son nom, mais il disait souvent que s'il fût resté quelques années avec le petit capitaine, il aurait pu obtenir les épaulettes d'officier.

FIN.

TABLE.

—

FIN DE LA TABLE.

Limoges. — Imp. Eugène Ardant et Cie.

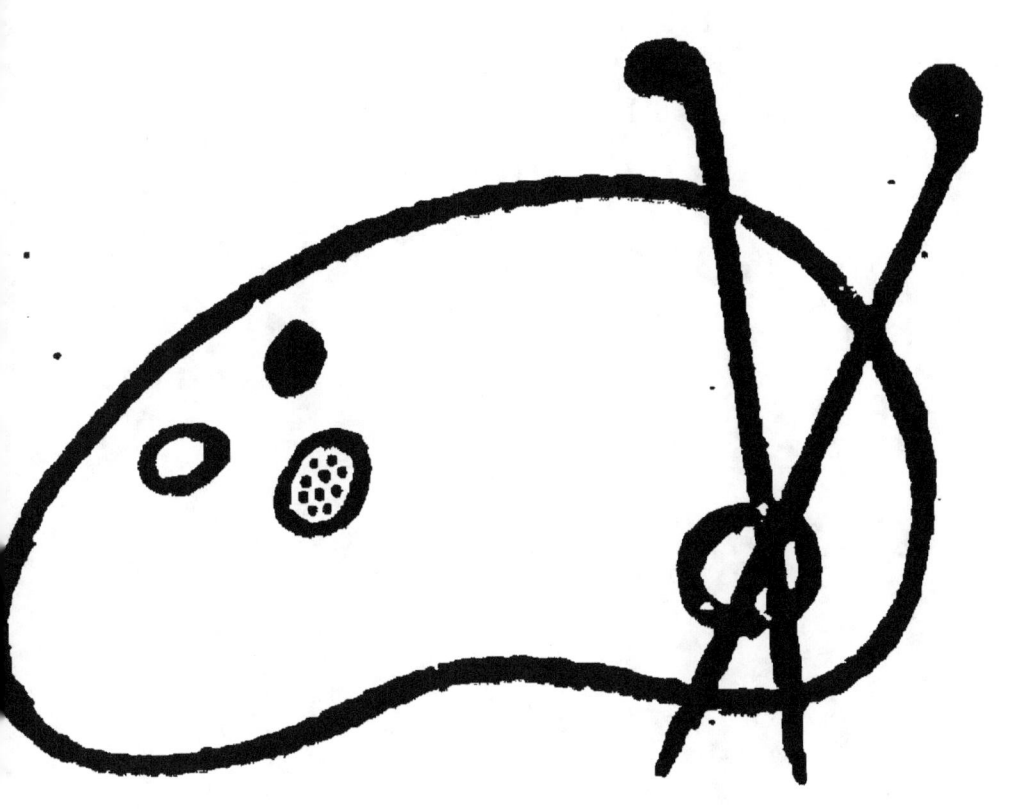

Original en couleur

NF Z 43-120-8